瑞安历代咏物诗选

瑞安市档案馆 编

四川民族出版社

图书在版编目（CIP）数据

瑞安历代咏物诗选 / 瑞安市档案馆编 . -- 成都：四川民族出版社，2021.2（2024.2重印）

ISBN 978-7-5409-9804-2

Ⅰ . ①瑞… Ⅱ . ①瑞… Ⅲ . ①诗集－中国 Ⅳ . ①I22

中国版本图书馆 CIP 数据核字（2021）第 036115 号

RUIANLIDAIYONGWUSHIXUAN

瑞安历代咏物诗选

瑞安市档案馆　编

出 版 人　泽仁扎西
责任编辑　央　金
责任印制　谢孟豪
出版发行　四川民族出版社
地　　址　四川省成都市青羊区敬业路108号
邮　　编　610091
照　　排　四川悟阅文化传播有限公司
印　　刷　三河市嵩川印刷有限公司
成品尺寸　145mm×210mm
印　　张　8.25
字　　数　150千
版　　次　2021年2月第1版
印　　次　2024年2月第2次印刷
书　　号　ISBN 978-7-5409-9804-2
定　　价　52.00元

本书如有印装质量问题，请与本社发行科调换

目 录
CONTENTS

瑞安
RUIAN
历代咏物诗选
LIDAIYONGWUSHIXUAN

瑞安
RUIAN
历代咏物诗选
LIDAIYONGWUSHIXUAN

瑞安
RUIAN
历代咏物诗选
LIDAIYONGWUSHIXUAN

瑞安
RUIAN
历代咏物诗选
LIDAIYONGWUSHIXUAN

瑞安

RUIAN

历代咏物诗选 LIDAIYONGWUSHIXUAN

宋
诗

周行己（1067—1125），字恭叔，世称浮沚先生，祖籍瑞安方山（今湖岭芳庄）。宋元祐六年（1091）进士及第，崇宁元年（1102）授永嘉教授。于郡城谢池巷筑浮沚书院，被后世论为"永嘉学派"之始祖。著有《浮沚文集》十六卷，《后集》三卷。

杨　花

杨花初生时，出在杨树枝。

春风一飘荡，忽与枝柯离。

去去辞本根，日月逝无期。

欲南而反北，焉得定东西。

忽然惊飙起，吹我云间飞。

春风无定度，却送下污泥。

寄谢枝与叶，邂逅复何时。

我愿为树叶，复恐秋风吹我令黄萎。

我愿为树枝，复恐斧斤斫我为椽榱。

只愿为树根，生死长相依。

许景衡（1072—1128），字少伊，人称横塘先生，瑞安白门（今属瓯海）人。北宋元祐八年（1093）进士及第，历官太常少卿兼渝德、中书舍人、右丞、殿中侍御史等职。为温州"元丰太学九先生"之一，被乡人尊崇为"瑞安四贤"之一。

题坡竹

劲节风霜日，平生忠义心。
谁知身死后，寸墨市千金。

梅

朔风吹雪满长安，闽越生来不识寒。
却有暗香飘六出①，无须借与外人看。

【注释】①六出，雪的别称。花分瓣叫出，雪花六角，因而称六出。

梨　花

飞琼端是张公女，独对东风无一语。
粉泪盈盈春欲暮，看尽夭桃作红雨。

菊

节过霜风衮衮来，幽丛浑欲卧苍苔。
故知短簿①朝天去，更为渊明②特地栽。

【注释】①短簿，意指晋王珣，也泛指主簿官。②渊明，
即陶渊明，名潜，自号"五柳先生"，世称靖节先生，浔阳柴
桑人。曾任江州祭酒、彭泽县令等职，著有《陶渊明集》。

萤

不知何处出，牢落水村边。
隐隐犹含雨，飞飞欲近船。
诗书看老矣，事业尚茫然。
今夕知何夕，篷窗犹未眠。

曹逢时（约 1113—1170），字梦良，瑞安曹村人。少时勤奋好学，博闻强识，知书达礼，人品端正，为南宋曹村进士第一人，对曹氏家族影响深远。

和李支使蜡梅二首

纤葩点蜡未干时，好是黄蜂冻著枝。
若使无香似金雀，诗人谁解琢雕为？

昨夜花神轧剪刀，巧裁粟玉缀香袍。
此花不出人间世，想见红梅价更高。

赵克非，字志仁，号河畔老渔。生卒不详。

雪

冻雨舞珊珊，寒光解酒颜。

飞花难辨树，种玉已漫山。

屋矮看疑压，门清卧不关。

晓来远指点，一似画图间。

竹　鞭

十亩亭亭翠拂云，矮檐数个亦精神。

行鞭莫犯邻家地，寞寞清风有几人。

陈傅良（1137—1203），字君举，号止斋，学者称止斋先生。瑞安罗凤人。乾道八年（1172）进士，官至宝谟阁待制、中书舍人兼集英殿修撰，卒谥文节。南宋一代名臣。著有《止斋文集》《周礼说》《春秋后传》《左氏章指》等。其中，《八面锋》为宋孝宗击节赞叹，御赐书名，流传甚广。

飞　雪

涓涓自空来，霏霏复不见。
安得自尤物，使我耳目乱。

海棠绝句

淡月看花似雾中，遽呼灯烛倚花丛。
夜来月色明如昼，却向庭芜①数落红。

【注释】①庭芜：庭园中丛生的草。

莲　花

伯仲之间竹与梅，魏姚①声价浪崔嵬②。
虽然亦混鱼虾处，风度自从丘壑来。

【注释】①魏姚：牡丹花的两个名贵品种。②崔嵬：基本意思是有石头的土山；形容高峻，高大雄伟的物体（多指山）。

咏梅分韵得蕊字

惜树须惜枝，看花须看蕊。
枯瘦发纤秾，况此具众美。
千林堕黄埃，数点昭青沚。
谁知霜雪深，天意欲玉女。

牡丹（和潘养大韵）

看花喜极翻愁人，京洛久矣为胡尘。
还知姚魏①辈何在，但有欧蔡名不泯。
夕阳为我作初霁，佳节过此无多春。
更烧银烛饮花下，五陵佳气今方新。

【注释】①姚魏："姚黄魏紫"的简称，泛指牡丹花。姚黄为千叶黄花，出于民姚氏家；魏紫为千叶肉红花，出于魏相仁溥家。宋范成大《再赋简养王》诗云："南北梅枝噤雪寒，玉梨皱雨泪阑干。一年春色摧残尽，更觅姚黄魏紫看。"姚黄魏紫，为牡丹中名贵品种。

水仙花

江梅丈人行，岁寒固天姿。

蜡梅微着色，标致亦背时。

胡然此柔嘉，支本仅自持。

乃以平地尺，气与松篁夷。

粹然金玉相，承以翠羽仪。

独立万槁中，冰胶雪垂垂。

水仙谁强名，相宜未相知。

刻画近脂粉，而况山谷诗。

吾闻抱太和，未易形似窥。

当其自英华，造物且霁威。

平生恨刚褊①，未老齿发衰。

掇花置胆瓶，吾今得吾师。

【注释】①刚褊：这里指固执己见，不肯接受他人的意见。

曹绛（1156—1255？），字思厚，别号石室居士，居曹村。叔远从兄，善诗，在家创办凤岗书塾。

溪上赏芙蓉

娇红腻绿暖生春，步绕清溪锦帐新。
花意不须羞白发，五朝得见太平人。

曹豳（1170—1249），字西士，又字潜夫，号东畎，人称东畎先生，瑞安曹村人。嘉泰二年（1202）进士，官至宝章阁待制通议大夫，"嘉熙四谏"之一。著有奏议、讲义 20 卷，诗歌、杂句 60 卷。词《西河·和王潜斋韵》入选《全宋词》，诗《春暮》入选《千家诗》。宋史有传。

杨　柳

春至风花各自荣，就中杨柳最多情。
自从初学宫腰舞，直至飘绵不老成。

蔡简（1185—1262），生平不详。瑞安莘塍人。

菊

菊圃风情仔细谙，轻霜微月淡相参。
柴桑①清兴约如许，彭泽②幽怀我欲探。
花信未过时九九，枝疏不碍径三三。
东篱一任骚人采，盈掬金钱莫笑贪。

【注释】①柴桑：此处借指晋陶潜，陶渊明，因其故里在柴桑。②彭泽：县名，在今江西省北部。晋陶潜曾为彭泽县令，因此以"彭泽"借指陶潜。

陈淳祖（1215—1271），字道初，号卓山。嘉熙二年
（1238）进士，官至湖南转运副使。

看 云

南山云欲归，北山云欲出。
北山已成雨，南山还有日。
天风忽吹举，南北山如一。

白云本无心，不知果何术。
出者未云得，归者未云失。
茫茫古复今，世事却可说。

胡圭，字象德，号梅山，生卒不详。宋邑人。

山　池

凿山成小池，贮兹一泓绿。
参差散石发，清浅浮碧玉。
光风时动摇，涟漪细相续。
我常绕池行，衣无尘可濯。

张子龙，字龙泽，号湛江，生卒不详。登学究科，任吴县教授。明邑人。

碧　筒①

翠作浮洼玉作觞，连蜷浮动玉生香。

手中风露分炎国，窍里乾坤入醉乡。

满座争夸赛鹦鹉，可人曾忆盖鸳鸯。

江长月白空痕在，一夜花郎怨索郎。

【注释】①碧筒：亦作"碧筒杯"或"碧桐杯"，一种用荷叶制成的饮酒器。高明《琵琶记·琴诉荷池》有："金缕唱，碧筒劝，向冰山雪巘排佳宴"句。

高天锡，号南轩，生卒不详。邑人，高则诚祖父。

古　镜

古镜欲何为，年深薜晕欺。
无情当晦日，有恨忆明时。
不见古人老，空看新月迟。
春风百花候，还拟照佳期。

落梅（和韵）

花拂清寒鬓影疏，水边香散鹤飞过。
枯枝一夜消残雪，满地东风起白波。
金鼎凄凉心尚在，玉堂凋落思应多。
冰姿已自无颜色，邻笛吹春可奈何。

元
诗

陈文尹，字端友，号春塘，生卒不详。著有《泽畔吟》，元邑人。

梅　影

水光清浅弄横斜，绿凤寒惊满树花。
一夜西风吹不去，却随明月上窗纱。

陈兴时，字少方，号存吾，生卒不详。元邑人。

菊　花

金花丛里独娇红，似笑当时避俗翁。
可是杳魂归不得，傍人篱落怨秋风。

高明（1305—1371），字则诚，一字晦叔，号菜根道人，人称"东嘉先生"，瑞安柏树村人。至正五年（1345）进士，官历处州录事、江浙行省丞相掾、浙东军幕都事、绍兴府判官、江南行台以及福建行省都事等职。至正十六年（1356）辞官归隐，寓居鄞县作《琵琶记》。另著有《柔克斋集》等。

题　兰

美人在空谷，娟娟抱幽芳。
长林自荆棘，安能敝馨香。
借君水苍玉，与我纫佩纕。
愿结善人交，岁晚无相忘。

赋幽憀斋

闭门春草长，荒庭积雨余。
青苔无人扫，永日谢轩车。
清风忽南来，吹堕几上书。
梦觉闻啼鸟，云山满吾庐。
安得嵇中散，尊酒相与娱。

季应祈（约 1314—1396），也作应祁，字君饶，号耻庵，别号菌翁，邑人。从学高明，研习《周易》《春秋》。明洪武十九年（1386）以明经荐于朝，引年告归。著有《耻庵集》《鹿岩樵唱集》《樊庄稿》，已佚。

新　月

谁将玉指甲，掐破青天痕。
飞下碧潭水，蛟龙不敢吞。

红　梅

姑射①山中女，丹霞五彩衣。
高楼莫吹笛，恐逐彤云飞。

【注释】①姑射：山名。也指姑射山的得道真人，后泛指神仙或美貌女子。《庄子·逍遥游》曰："藐姑射之山，有神人居焉。肌肤若冰雪，绰约若处子。不食五谷，吸风饮露，乘云气，御飞龙，而游乎四海之外。"宋苏轼《杨康功有石状如醉道士为赋此诗》有："海边逢姑射，一笑微俯首。"

墨 菊

临池种佳菊，香寒蝶不知。
缁尘①满京洛，愁杀傲霜枝。

【注释】①缁尘：黑色灰尘。常喻世俗污垢。

明

诗

卓敬（约 1348—1402），字惟恭，瑞邑四贤之一。明洪武二十一年（1388）榜眼，累官至户部右侍郎。靖难之役后，为明成祖所诛，夷三族。宣德中诏建祠表墓，福王时赠户部尚书，太子太保，谥忠贞。著有《性理发明》10 卷、诗文 50 卷。

二月梅

每日寻芳书醉归，溪阴沙岸忽横枝。
暗香浮动梨花月，春色平分正此时。

红　梅

谁教姑射^①饮流霞，烂醉西湖处士^②家。
几度春风吹不醒，至今颜色似桃花。

【注释】①姑射：山名。也指姑射山的得道真人，后泛指神仙或美貌女子。《庄子·逍遥游》曰："藐姑射之山，有神人居焉。肌肤若冰雪，绰约若处子。不食五谷，吸风饮露，乘云气，御飞龙，而游乎四海之外。"宋苏轼《杨康功有石状如醉道士为赋此诗》有："海边逢姑射，一笑微俯首。"②西湖处士，即林逋。居于杭州西湖之孤山。逋工笔画，善为诗，有写梅名句："疏影横斜水清浅，暗香浮动月黄昏。"

梅　影

华光淡墨鹅溪绢，不似天公巧绝奇。
碧水晴沙风定后，空山茅屋月明时。

落　梅

山中昨夜东风恶，诗客柴门向晚开。
狼藉一庭春意思，半飘风雨半依苔。

墨　竹

洞庭木落水生波，月入斜窗露气多。
虞帝①不归秋自晚，满江烟雨泣湘娥②。

【注释】①虞帝：即虞舜，也就是人们常说"尧舜禹"中的舜。②湘娥：即湘妃。相传舜有二妃，娥皇、女英。二妃没于湘水，遂为湘水之神。

墨　菊

我向玄都逢羽士，自言种菊不多根。

灌园只汲临池水，岁岁开花带墨痕。

西施菊

返魂香幻作秋丛，赐试东篱靖节翁①。

妆湿有痕凝晓露，酒酣无力倚西风。

恃妍曾得夫差②宠，雪耻先来范蠡③功。

千古馆娃④遗恨处，清吟难与洗妖红。

【注释】①靖节翁：即陶潜，字元亮，私谥靖节征士，东晋大诗人。②夫差（？—前473），姬姓，吴氏，姑苏（今苏州市）人，春秋时期吴国君主。③范蠡（前536—前448），字少伯，楚国宛地三户（今南阳淅川县）人。春秋末期政治家、军事家、经济学家和道家学者。曾献策扶助越王勾践复国，兴越灭吴，后隐去。④馆娃：此处指西施。

咏雪（和友人韵）

初飞声似蟹行沙，小歇悠扬片片洼。
远近琼楼千万落，高低银树几多花。
愀来骑马思韩愈①，兴到敲冰问党家②。
吟罢却疑诗骨冷，不知寒气袭窗纱。

【注释】①韩愈（768—824），字退之，河南河阳人，唐代著名诗人。②党家：明陈继儒《辟寒部》卷一：宋陶谷妾，本党进家姬，一日下雪，谷命取雪水煎茶，问之曰："党家有此景？"对曰："彼粗人，安识此景？但能知销金帐下，浅斟低唱，饮羊羔美酒耳。"后以"党家"比喻粗俗的富豪人家。

季德几（1355—1412），也作季德玑、季德基，字武抑，号兰坡，邑人。著有《兰坡初稿》三卷，《续稿》五卷，俱佚。

牡　丹

洛阳城里正繁华，紫陌香尘逐细车。
多少名园殿春色，东风开到寿安花①。

【注释】①寿安花：牡丹名种。宋欧阳修《洛阳牡丹记·花释名》："细叶粗叶寿安者，皆千叶肉红花，出寿安县锦屏山中，细叶者尤佳。"

榴

火斋凝脂含蚌腹，丹砂和露缀蜂房。
上林秋色多清丽，莫放西风折锦囊。

墨　梅

屋角参横雪后时，疏花个个缀冰枝。
五更月落霜花白，莫遣楼头画角吹。

黄蜀葵①

长信官中学道妆,罗衣练得御袍黄。
自承一滴金茎露,日日倾心向太阳。

【注释】①黄蜀葵:别名秋葵、棉花葵、假阳桃、野芙
蓉、黄芙蓉、黄花莲、鸡爪莲等,锦葵科。常生于山谷草丛、
田边或沟旁灌丛间,花期6—8月。

扇

六月南州困襟衿,半规裁取剡溪藤。
扶桑日射金雕翅,丹穴风生白凤翎。

松 鹤

元裳缟服出蓬莱,城郭人烟半草埃。
夜静空山松露冷,长鸣知是忆瑶台。

雪猫二首

田家聘得雪窝儿，虚室威行断鼠鼯。
日月眼睛如鹁鸽，雪霜毛色胜狸奴。
玉楼气结金银永，贝阙光分宝石珠。
只恐年深神化去，西山秋气伴於菟。

莫羡狸奴三色花，玉奴一色更英华。
败棋能乱胡儿局，倒瓮何妨某氏家。
气结金晴星应象，光摇银海月生芽。
吉祥指指无虚耗，李宝当年未足夸。

季廷珪，字景温，号粟然，生卒不详。明邑人。

扇

兰藤碧叠玻璃滑，桃竹光摇紫玉丛。

小阁凉生春似水，直疑身到广寒宫。

虞原璩（1367—1439），字叔圆，号环庵，瑞安双桥人。永乐中以善楷书荐与修《大典》，著有《环庵先生遗稿》10卷等。

明
诗

墨　菊

地僻秋光淡，幽花不肯黄。
故将颜色变，一夜点玄霜。

雁来红

天外宾鸿至，人间众草枯。
芙蓉锦步障，借尔作珊瑚。

咏梅二首

一枝溪上破春缄，回首风尘路不堪。
人在玉堂清梦远，久无消息到江南。

折得东风第一枝，叮咛驿使莫迟迟。
江湖不是无芳草，爱把寒香寄所思。

红梅二首

玉骨生香脸晕潮，天寒翠袖掩春娇。
高楼月落休吹笛，人倚阑干酒未消。

玉龙倒喷火珠红，散作飞霞舞雪风。
人在江南看春色，锦香零落角声中。

墨　菊

东篱依旧晋时风，谁洒玄霜湿更浓。
想是义熙书甲子，故将颜色变秋容。

雁来红

坚持汉节感微禽，万里传书到上林。
化作秋风庭下草，众芳摇落见丹心。

白莲二首

仙子霓旌翠羽旗，满身风露立多时。
瑶池①宴罢西王母②，捧出波心白玉卮③。

玉骨冰肌水殿凉，碧云影里玉生香。
一杯霜冷清无汗，羞与酡颜斗晓妆。

【注释】①瑶池：位于昆仑山，传说为西王母居住之地。②西王母：又称"王母娘娘"，为中国神话中的一位女神。③卮：古代盛酒的器皿。

荷 钱①

贴水荷钱漾碧波，芳塘买得景清和。
想应泽国无年号，莫辨炎官②鼓铸炉。

【注释】①荷钱：指的是状如铜钱的初生小荷叶。宋赵长卿《朝中措·首夏》有："荷钱浮翠点前溪，梅雨日长时。"②炎官：神话中的火神。唐吴筠《游仙》有"赤帝跃火龙，炎官控朱鸟"句。

孤　鹤

泛舟赤壁览遗踪，有客西来独唳空。
一曲洞箫山月白，又随飞梦过江东。

咏　马

少负腾骧老愈工，长鸣能使冀群空。
莫嫌逸态无拘束，万里能收百战功。

次韵咏海棠

曾陪国色燕君王，根拨宁同桃李芳。
神女衣裳濯行雨，天孙①机杼②绚流黄。
春空五彩云联席，夜列千金月在堂。
传诵新诗频击节，只愁蜂蝶笑轻狂。

【注释】①天孙：一般指织女星。在"牛郎织女"神话中，织女为天帝孙女，故亦称天孙。②机杼：织布机。《古诗十九首》有云："纤纤擢素手，札札弄机杼。"

陈谋，字恒道，号澹庵，生卒不详。明邑人。

假　山

何人手揭太湖骨，立作三峰起突兀。
湿痕淡受潇湘波，怪形压碎池东月。
露花烟树带流水，石逬苔寒洒凉雨。
蝉鸟栖鸣山意古，小亭六月无炎暑。

钟应时，字时英，号梅庵，明邑人。任文林郎，著有《山水集》，已轶。

便　面①

不耐凄清不识秋，不因酒醒不知愁。
月明何处箫声发，吹落银云绕玉楼。

【注释】①便面：扇子的一种。《汉书·张敞传》："自以便面拊马"。颜师古注："便面，所以障面，盖扇之类也。不欲见人，以此自障面，则得其便，故曰便面，亦曰屏面。"后亦泛指扇面。

钟音，字玉和，号玉壶，明邑人。诰赠奉直大夫，吏部郎中，著有《鹿岩清趣集》。

夹松梅花

虬髯①公子励真坚，姑射②山人耐岁寒。
清白不殊风骨健，夜深同倚玉阑干。

【注释】①虬髯：蜷曲的连鬓胡须。明解缙《送刘绣衣按交址》诗："虬髯白皙绣衣郎，骢马南巡古越裳。"另，传奇小说中有虬髯客。②姑射：山名。也指姑射山的得道真人，后泛指神仙或美貌女子。《庄子·逍遥游》曰："藐姑射之山，有神人居焉。肌肤若冰雪，绰约若处子。不食五谷，吸风饮露，乘云气，御飞龙，而游乎四海之外。"宋苏轼《杨康功有石状如醉道士为赋此诗》有："海边逢姑射，一笑微俯首。"

钟珹，字文献，号松峰，明邑人。以例贡入太学，曾任沿山县令。

再和菊诗二章

西风鼓舞入宫墙，吹散奇葩上画堂。
缀玉垂金夸九月，呈红竞紫迈三阳。
倚阑纵目春仍富，对景闲吟句亦香。
聊向东篱娱雅兴，输他流俗与禽荒。

秋容妆点挺寒姿，品人松篁似故知。
雅色未先桃李艳，孤标宁为雪霜衰。
香分朱户呈奇后，彩射金尊对饮时。
落蕊也堪清俗味，吟边独羡屈平诗。

钟崇德，字伯崇，明邑人。万历己卯（1579）副贡，授云和教谕。

咏菊二首

玉液淋淋晚未干，小园初破几枝寒。
东林社客如相访，五柳庭前仔细看。

佳色含英向日开，余香冉冉护莓苔。
独怜节操非凡品，曾属陶君径里栽。

钟应兆，字肖岩，生卒不详。明邑人。

菊二首

溟蒙才过浥寒芳，几见奇葩覆小堂。
千古接篱应在否，漫来彭泽①醉壶觞。

飒飒金籁拂寒英，灼烁清香映砌明。
秋光满眼无殊品，笑傲东篱羡尔荣。

【注释】①彭泽：县名，在今江西省北部。晋陶潜曾为彭
泽令，因以"彭泽"借指陶潜。

钟润身，字秀岳，生卒不详。明邑人。

水仙花

洁素葱葱学淡妆，艳阳懒与斗春光。
梅香梨梦曾同伴，八客丹成永不亡。

梅二首

野草闲花自一群，孤标清格独精神。
黄昏添个寻常月，并作诗家一味春。

画里横斜露一枝，笛中清婉有谁知。
几回看画还吹笛，淡影笼烟月落时。

胡鋿，字孔鸣，瑞安丰湖里人。善诗书画，明弘治十四年（1501）省试书画中式。著有《溪庄存稿》等。

梅

岁寒幽径淡无邻，欲觅寒梅几树春。
怪①得梅先知我意，暗香风外已寻人。

【注释】①怪，异体字："怪"。

高必愈，号思庵，生卒不详。明邑人。

菊

误托根荄^①桃李场，开时应不逐群芳。
直须冷落西风里，谩谩开花谩谩香。

【注释】①根荄：亦作"根垓""根核"，指植物的根。也比喻事物的根本，根源。

高恪素，生平不详。明邑人。

黑芙蓉

江上孤芳秋满枝，玄霜昨夜苦相欺。
吟看颜色虽然异，惟有丹心未肯移。

柳楷（1448—1518），字文苑，号万竹山人，居瑞安县城柳宅巷。以神童荐国子学，授中书舍人，入直内阁，与姜立纲同为中书舍人。明成化十九年（1483）以养母疏乞归省。明徐渭称他为"无声诗史"。墓在箬笪山。

摇动岩[①]

谁将巨灵斧，斫破昆仑洞。
有石亘古存，岂止千钧重。
万众挽不回，一人推却动。
安得海上槎，载向天朝贡。

【注释】①摇动岩：瑞安圣井山自然岩石，该山还有仙人岩、蟾蜍岩、莲花岩、狮子岩等巨石。

鲍玮，字允玉，生卒不详，明邑人。成化年间岁贡，癸卯任江西道监察御史，著有《山亭集稿》等。

题　燕

春风吹傍雀桥过，欲问江南春几何。
寂寞楼台烟雨外，故人不似旧时多。

潘婉秀，明弘治年间女诗人，生卒不详。著有《叩机集》。

菊　花

一簇寒英灿未收，芬芳不减旧风流。
自从陶令^①归来后，占断人间几度秋。

【注释】①陶令：即陶渊明，名潜，又字元亮，自号五柳先生，私谥靖节，世称靖节先生，浔阳柴桑人。东晋末至南朝宋初期伟大的诗人、辞赋家，被称为"古今隐逸诗人之宗"。

晓　鸡

文冠武距羽毛丹，灼灼光符彩凤斑，
几向窗前敷信德，唤回清梦五更残。

陈挺（1529—？），字佳传，号筠川，瑞安崇儒里人。著有《筠川类稿》《筠川小稿》。

金银花

汉家郿坞①一权臣，无数金银化作尘。
谁向竹间兴宝藏，一番梅雨一番新。

【注释】①郿坞：东汉初平三年，董卓筑坞于郿，高厚七丈，与长安城相埒，号曰万岁坞，世称"郿坞"。坞中广聚珍宝，积谷为三十年储。自云："事成，雄踞天下；不成，守此足以终老。"后卓败，坞毁。事见《后汉书·董卓传》。

故居之旧地喜竹渐密

蛰蛰龙孙出地肥，万竿苍翠湿烟霏。
不辞腊月栽培力，报我平安待我归。

落　花

昨夜彩幡不禁风，红白乱飞枝尽空。
恰似唐宫放怨女，三千颜色任西东。

咏臬木①

辨别方隅司正直，毫厘有谬便知之。
从绳恰似人从谏，不易浑如器不欹。
汲黯戆愚应走作，萧何画一定参差。
丈夫心事能如此，王道平平赖设施。

【注释】①臬木：古代测日影的标杆。

林增志（1593—1667），字任先，一字可任，号念庵，自署此山道人，邑人。明崇祯元年（1628）进士，任南明隆武政权工部尚书，礼部尚书，文渊阁大学士。明亡后出家，法号法幢。

瓶　梅

　　寒芳偏向案前开，为报枝头春信来。
　　偶处中流常卓朔，不因寸土亦崔嵬。
　　孤标入室馨无改，疏蕊筛窗干自培。
　　信手拈提舒正眼，宁烦迦叶首重回。

咏头陀峰①

　　枉多声价迈丹霞，历代争传表永嘉。
　　风日交加时抖擞，莓苔任里现昙华。
　　孤撑三界能为主，俯瞰千峰不厌奢。
　　云物作衣空作座，森罗法象孰非家。

　　【注释】①头陀峰，位于头陀寺后。头陀寺：旧称密印寺，位于瓯海南白象镇，始建于后汉乾祐年间，相传唐代高僧玄觉（665—713）曾栖迟于此。该寺为其青年时读书处。

咏育王舍利①

舍利心藏见也无？称黄道白总途污。
员光一颗非中外，根器随人自智愚。
妙有与空何别异，摩尼岂色可名呼。
任拈茎草皆灵骨，信及应知万事俱。

【注释】①舍利：佛教称释迦牟尼遗体焚烧之后结成的珠
状的东西，后来也泛指佛教修行者死后火化的剩余物。

咏不竭泉

涓涓流出有由来，一饭方知莫乱猜。
郡羡甘芳消热恼，更饶清浅映花魁。
觑驴岂受他窥测，勿幕何庸自剪裁。
应是源头不见底，至今无瓮施门开。

林得桢，字石卿，生卒不详。明邑人。

牡 丹

紫销霞映縠①为衣，烂漫沈香媚早晖。

自是君王长带笑，肯教遗恨彩云飞。

【注释】①縠：古称质地轻薄纤细透亮、表面起皱的平纹丝织物为縠，也称绉纱。

芍 药①

倾国名园两斗芳，临风却似舞霓裳。

装成七宝谁相妒②，只合花前尽羽觞③。

【注释】①芍药：别名别离草、花中宰相，多年生草本植物。花期5—6月，花色有白、粉、红、紫、黄、绿、黑和复色等。②妒：同"妒"。③羽觞：即酒杯，又称羽杯、耳杯，外形椭圆、浅腹、平底，两侧有半月形双耳，有时也有饼形足或高足。因形状像爵，两侧有耳，就像鸟的双翼，故名"羽觞"。

断流，名渡，广照寺诗僧，生卒不详。

梅 花

千峰初进玉斑斑，便觉春生两睫间。
鹤带孤云栖树杪，人随冷月度溪湾。
驿亭有约棚将远，廊庙无心独处闲。
偏许灞桥①驴背客，冲冲折取一枝还。

【注释】①灞桥：桥名，本作霸桥。据《三辅黄图·桥》：霸桥，在长安东，跨水作桥。汉人送客至此桥，折柳赠别。唐郑谷有《小桃》诗："和烟和雨遮敷水，映竹映村连灞桥。"

清

诗

王玉鉴，字观我，生卒不详。清邑人。

咏 雪

渺渺同云起四围，上天降瑞自呈辉。
栖梅似有贪香意，穿柳先来作絮飞。
色映瑶窗书帐粲，寒生秦岭马行稀。
出门骇见青山老，吟得阳春好句归。

灯 花

兰膏顶上结芳丛，瓣簇金莲吐采红。
含秀不因沾雨露，舒英自足笑春风。
纵无片叶扶丹蕊，妙有灵光贯白虹。
从此向阳花欲闹，灯花蚤已闹窗东。

王奇佐，字东国，生卒不详。清邑人。

咏　柳

春烟漠漠雨潇潇，无数长条锁寂寥。
似缕丝丝牵客思，如眉细细惹人描。
漫劳萤焰流三岛，最爱莺声转六桥。
舞罢东风消瘦甚，教人认是小蛮腰。

王崇毂，生卒不详。清邑人。

卓笔峰

矗立孤峰秀英肩，卓然巨笔插中天。
临书饶蘸松烟饱，好有片云作锦笺。

林齐鋐，字觉侯，生卒不详。邑诸生，著有《获斋初集》。

一鉴池

碧水畜芳塘，水深波浪静。
照眼彻冰壶，游鱼唼花影。

老僧岩

独立亭亭苍霭间，懒将瓢笠寄禅关。
春风秋月经多少，指点游人入雁山。

林齐铎，林增志次子，生卒不详。清邑人。

陪葛兵宪饮陈中宅赏瓶花

清标如在玉堂中，瘦影相看酒不空。
分自岭头香拂幌，寄来陇上冷欺风。
人方何逊诗偏逸，客似元龙赋独工。
安得琴尊长作侣，漫随短笛逐飞蓬。

朱鸿瞻（1620—1690），字表民，一字经方，号默斋。邑人，康熙岁贡，康熙十一年（1672）廷试报罢，遂敛迹家园，授徒著述，二十八年授宜平训导。著有《竹园类辑》。

孤　鹤

翩然修洁怅离群，独立亭亭傲隐君，
瘦影自怜秋夜月，高松去宿暮山云。

芦　松

芦江千岁陇，郁郁产青松。
一见便千尺，不知经几冬。
枝高常宿鹤，鳞碧化为龙。
偃仰交相错，游丝盘层峰。
在昔经丧乱，良材斤斧逢。
使君尚有道，能念我祖封。
樵苏申森禁，十围皆见容。
爰岁乙之卯，岩谷撄凶锋。
地毛毕以尽，下体不遗葑。
何年幽涧里，灵气复相锺。

释沧涯（1667—1691），字一轮，俗姓戴氏，瑞安霞川人。八岁出家，天资颖异，有《法语机录》《烟云集》行世。

咏　松

大夫名不易，时拂汉云烟。
千古精神壮，三冬气色鲜。
高标入俯仰，清韵鹤流连。
郁郁寒霜里，犹能荫后贤。

雁（次林觉侯先生韵）

南北经过春复秋，长空万里度沧洲。
飞扬云外寒风起，栖止芦中夜月流。
村树闻声惊落叶，游人见影感轻裘。
由来只解传书信，不使他乡起暮愁。

胡时霖（1678—1749），字竹臣，号三峰，邑人。康熙丁酉岁贡，授景宁训导。著有《三峰存稿》，一名《水镜亭稿》。

雪 虎

雪是西方色，形盐白虎真。

全无肝胆具，徒有爪牙伸。

冰骨岂能久，银毛亦易沦。

未逢亭午照，犹保旧时身。

胡梦梅，生卒不详。清邑人。

对菊口占

黄菊非罕有，渊明安在哉。
在时花可掬，去后花徒开。
乍遇白衣人，恍自东篱来。
古今不相及，霜气冷苍苔。

胡万里，生卒不详。清邑人

山　梅

冰雪丛中寄一身，靓妆淡雅不沾尘。
林逋①老去无人管，留与山僧报早春。

【注释】①林逋（967—1028），字君复，人称和靖先生，
曾隐居西湖孤山，不仕不娶，植梅养鹤，自谓"以梅为妻，以
鹤为子"，北宋著名隐逸诗人。有写梅名句："疏影横斜水清
浅，暗香浮动月黄昏。"

胡树敏，生卒不详。清邑人。

雁来红

即叶成花亦化工，嘉名肇锡雁来红。

遥从北塞分娇色，好趁西风逗碧丛。

南苑寒回千里外，故园秋向片云中。

寻常一样阶前草，才有征鸿便不同。

胡文炳，生卒不详。清邑人。

鸡冠花

奇姿断不为霜残，状似文禽大可观。

日里鲜妍悬绛帻，烟中竞耸见花冠。

高飞有意常翘首，勇斗无心且敛翰。

报晓未娴惟耐冷，秋来坐对举杯看。

第心空氏，仙岩寺僧，著有《梅花咏诗》一册，康熙三十九年（1700）刻本。

梅花咏

一东

欲将芳信问江东，晓角吹开玉几丛。

香满一庭风澹荡，影横三径月朦胧。

霓裳对舞寒光下，缟带相酬夜色中。

可惜春莺浑未到，倩谁衔入上阳宫。

二冬

冰霜路上忽相逢，知是瑶台第几重。

卷箔自宜斟琥珀，题绡何必束芙蓉。

香浓庾岭春初到，梦醒孤山雪未封。

帘外影斜棋局冷，莫辞来往拄诗筇。

十一真

出格丰姿别有神，亭亭那羡洛阳春。

阿娇漫自夸金屋，姑射①从来胜玉人。

铁作腰肢还异柳，霜为容貌不留尘。

林逋②之外谁知己，半在山间半水滨。

【注释】①姑射：山名。也指姑射山的得道真人，后泛指

神仙或美貌女子。《庄子·逍遥游》曰："藐姑射之山，有神
人居焉。肌肤若冰雪，绰约若处子。不食五谷，吸风饮露，乘
云气，御飞龙，而游乎四海之外。"宋苏轼《杨康功有石状如
醉道士为赋此诗》有："海边逢姑射，一笑微俯首。"②林逋
（967—1028），字君复，人称和靖先生，曾隐居西湖孤山，
不仕不娶，植梅养鹤，自谓"以梅为妻，以鹤为子"，北宋著
名隐逸诗人。有写梅名句："疏影横斜水清浅，暗香浮动月黄
昏。"

十二文

慢取炉中柏子焚，寒香朝夕欲相熏。
半牕疏影半牕月，一树浓花一树云。
山下大夫宜作伴，亭前君子久成群。
徘徊莫怪开迟早，南北枝头冷暖分。

十三元

几株偃蹇向柴门，不带缁尘半点痕。
湖上小驴寻影迹，岭南迁客问寒温。
钟残梦断红罗帐，笛起香来黄叶村。
取次春风天外到，醹醽正合对花吞。

一先

含吐春风未到前，山椒水曲共婵娟。
十分瘦影凭烟护，一段丰神借月传。
樵客岭头云霭霭，渔家篱落水涓涓。
几回索笑斜阳外，羌笛声中自莞然。

二萧

孤屿传神第几桥，笼烟笼月有丰标。

搔残双鬓春还浅，立尽三更雪未销。

驿外影连芳草路，湖头香满木兰桡。

不劳檀板催清赏，处士风流在寂寥。

五微

岁暮萧条望客归，几枝送影入柴扉。

开来颜色和烟淡，瘦去肌肤赖雪肥。

绿萼仙人尘不染，白衣宰相世原稀。

谁家楼上横吹笛，恐逐寒鸦半欲飞。

胡玉峰（1720—？），诸生，清邑人。著有《澹澹轩诗稿》。

咏 梅

色夺春前丽，香增雨后清。
幽姿谁识得，时鸟两三声。

题红梅

玉骨凝脂缀艳罗，素妆忽带醉颜酡。
东风为索檐前笑，妬杀红衣起恨歌。

秋海棠

斜栏幽质袅秋风，冷露匀脂异样工。
白发羞看花魄艳，任含娇态月明中。

玩菊赠句

细蕊缤纷绕翠屏，冷香何事问龟龄。
敷荣己识经霜茂，吐艳还看带雨馨。

凤仙花

尘洒金膏世久稀，独昭艳质灿珠玑。
倘随蝶化庄生梦，应入仙班伴鹤飞。

吟　兰

应嫌众草乱芳塘，移得空山气味长。
馥郁英姿经岁茂，临风吹绕玉阶香。

铁树花

陶融刚锐托根深，点缀精英绽碎金。
铸出一枝非近玩，珊瑚网上契芳心。

咏蝴蝶风筝二首

薄楮轻扬缀蝶衣，扶摇直上白云微。
碧天片影飘飘举，却似庄生梦里飞。

何来蝶翅舞轻衣，制就风标出翠微。
最喜一丝无俗浣，轩轩独伴五云飞。

观　萤

飞萤流耀渡桥津，风露轻扬芳草身。
林壑宁甘空自照，余光移映读书人。

鹧　鸪

曾闻时鸟集岑隅，格磔钩辀相对呼。
衔叶声声行不得，秋山何处觅通衢。

对菊口占

黄菊非罕有，渊明安在哉。
在时花可掬，去后花徒开。

乍遇白衣人，恍自东篱来。
古今不相及，霜气冷苍苔。

咏雪得青字

凛冽凝阴结，霏霏雪满庭。
银杯寒玉案，缟带冷窗棂。
入牖光生白，烹茶色转青。
兴来添夜永，还乐映遗经。

观金鱼二首

潜跃真机露，相观乐意多。
骈头联似锦，掉尾绚如梭。
濯泛桃花水，戏循莲叶波。
盈池堪博笑，无复问东坡。

丙穴来佳种，翻澜戏午阴。
素鳞原媲玉，火色乍浮金。
吐沫银光漾，衔花镜影深。
天机随处畅，游泳乐淳渗。

咏　蝶

栩栩穿花舞，轻扬兴自腾。

何郎怜粉傅，韩掾妒香凝。

蝉噪空悲月，蛾飞只扑灯。

独栖芳草宿，魂梦听沉升。

题　竹

青青龙作种，点染灿烟霞。

结实非因凤，敷荣不妒花。

风吹疑篷响，日照讶筠斜。

试看空林内，还思逸士家。

和题石榴

奇葩灼烁茂园东，绿叶光浮琥珀红。

拂砌艳惊珠作缀，入帘影讶火翻空。

辉联修竹朝朝露，彩绚新荷袅袅风。

开到秌时堪共赏，日华烟翠两相融。

铁树花

独标铁干挺朱明，炼液敷荣异样精。
淬厉芳姿天乍雨，陶融细蕊日初晴。
不愁炎火摧刚质，偏向熏风吐艳情。
鑪冶由来归造物，鸿钧铸出一奇英。

咏酒不露酒字

杜康遗我杯中物，万事纷投只等闲。
乐引索郎迎笑口，忧携欢伯①解愁颜。
葡萄瓮里春风转，阆苑花前淑气还。
醉眼蒙眬消世虑，泰山虽大若冰山。

【注释】①欢伯：酒的别名。唐陆龟蒙有《对酒》诗：
"后代称欢伯，前贤号圣人。"

孙希旦（1737—1784），字绍周，一字肇周，号敬轩，邑人。乾隆四十三年（1778）探花，授翰林院编修。后任武英殿分校官兼国史三通馆纂修官。著有《礼记集解》《求放心斋诗文集》《尚书顾命解》等。

斋中桃花

草绿瀛洲柳拂池，枝头芳蕊尚迟迟。

栽培谁识东君意，多着春风几度吹。

衰　柳

柳宿光中第几星，秋风憔悴不胜情。

明年青眼应相识，三月春光满帝城。

菊　影

今日燕山下，霜前见菊花。

芳菲供老眼，疏淡谢春华。

相对愁无酒，遥心倍忆家。

黄昏看未厌，瘦影月中斜。

余永森，字庭树，号蓉谷，生卒不详，乾隆甲午（1774）举人。著有《济麓斋诗稿》《济麓斋彙草》。

秋 雁

飞回明月夜，颔啄意如何。
莫向江村宿，沙田秋水多。

秋 蝶

不见寒林畔，秋深蝶尚飞。
西风满庭院，怜尔欲何依。

秋 蛩

欹枕萧条夜，几回残梦侵。
啾啾常到晓，风雨怨何深。

旅次闻雁

萧萧雁影掠残星，夜送哀声到小庭。
归思不知谁最切，一时同在月中听。

蝶

粉衣片片妒飞花，解舞从怜双影斜。
半坞柳阴遮不住，随风飘去到谁家。

莺

绿杨风静琐游尘，宛转歌喉满路春。
啼破绿烟惊绣阁，隔帘呼起画眉人。

落　花

莫怨催春风雨狂，沾泥粘草尚余香。
多情却惹双飞蝶，衔入谁家玳瑁梁。

白　菊

出尘品自逸，最爱淡仓辉。
一径寒无色，疏篱人到稀。
露浓秋影净，烟冷月痕微。
相对南山下，虚疑见白衣。

孤　雁

何日辞遥塞，凌风忽断行。
寒空一片月，孤影万山霜。
飞觉江天近，声哀云路长。
还夜逢故侣，示忍到衡阳。

春兰（和康林森韵）

烟皋花信几番新，香动幽业回出尘。
九畹不须矜冷艳，一杖也自爱芳辰。
湘洲细雨愁公子，南国春风怨美人。
漫为佩镶怀楚寒，且将标酒酹花神。

白 莲

槃波翠盖似飞鶑，风动泉花素彩翻。
清水出时虚有影，污泥染处更无痕。
香浮玉露秋江冷，色映银塘夜月浑。
漫与六郎夸艳质，缟衣相对欲无言。

茉莉（和曾文杰韵）

不兴繁暑自流芳，玉雪玲珑妒麝囊。
一点泉心怜半辰，十分春色弄余香。
烟光着处帘波淡，月影横时院宇凉。
花史标名应第一，消炎最爱对飞觞。

钟履韶，榜名韶，字宫侯，号梅坡，生卒不详。雍正癸卯岁贡，任仙居训导。

题白菊（追和陆龟蒙韵）

独呈真白冠群芳，全赖秋光到草堂。
始信罗浮梅有梦，转怜沧海月无香。
幽姿漫比琼瑶质，短叶何殊翡翠妆。
玉井有泉滋寿骨，夜深应未却秋霜。

钟光恒，榜名恒，字景北，号学山，生卒不详。乾隆丁亥岁贡。

夹竹红梅

几凭春信寄平安，劲节应同老岁寒。
仿佛瑶台新宴罢，纷纷仙姊控青鸾。

夹松红梅

老梅漏春花欲燃，长松槎枒撑暮烟。
依稀仙娣乘龙辕，夜深飞上蓬莱巅。

钟日鼎，榜名兆祥，号富善，生卒不详。清庠生。

残 菊

东蓠秋意老，晚节不禁霜。
赖有余香在，谁知三径荒。

兰

幽谷千年种，声名四海扬。
非为呈国色，淡雅夺天香。

钟圣灏，榜名成文，字梓垣，附贡生，邑志义行门有传。

鸠

唤雨催耕着意深，村南村北晓喑喑。
如何禾黍成畦日，依旧啼饥过棘林。

林上梓，字次定，号慕桥，邑人。康熙乙酉年（1705）举人，雍正十年（1732）任鄞县教谕，著有《慕桥诗集》。

荷

自有天然色，羞同傅粉郎①。

朝暾蒸晕脸，暮雨漱红妆。

【注释】①傅粉郎：美男子的意思。

新　柳

迎春争发万般花，独爱庭前柳放芽。

任尔妒花风雨骤，青青依旧柳轻斜。

乡人馈瓯柑

甬东佳产亦蓁蓁，底事黄柑独见珍。

可悟物由稀者贵，顿教馋口便生津。

仲冬宿兴善寺早起楼头望雪口占二首

寒云一色白于绵，酿就缤纷六出①鲜。
杰阁凭高抒冻眼，村村弥望尽琼田。

一阳生后大寒前，瑞雪飘飘今岁占。
为看老农多喜色，旱蝗无虑又丰年。

【注释】①六出，雪的别称。花分瓣叫出，雪花六角，因而称六出。

题墨菊

有香蕴藉不嫌迟，有品孤高不斗姿。
闲却铅华无用处，写来惟许素心知。

咏斋头水仙花二首

谁送湘妃出汉湄，钗头坠玉化仙姿。
不趋炎热争时艳，纵历冰霜亦自支。

入室微风香欲迷，伴梅拂影水沦漪。
何人金盏标名号，恐占瑶台第一枝。

题红梅二首

天桃灼灼待春逢，墙角山茶亦放红。
都让臞仙①风格古，巡檐笑索杜陵翁②。

赏菊重阳到此斋，玉箫金管畅欢怀。
何人醉泼梅根酒，变作朱砂色映阶。

【注释】①臞仙，典出《史记》。司马相如认为传说中的
众仙形体容貌特别清瘦，后遂以"臞仙"等借称身体清瘦而精
神矍铄的老人。文人学者亦往往以此自称。②杜陵翁，意指唐
代诗圣杜甫。

咏锦边莲二首

玉颜非粉亦非脂，何处铅华可中之。
太液池头新被宴，酒痕一抹半醺时。

白白红红的的开，瓣尖偶染绛仙胎。
品评到底多余素，此是天真莫浪猜。

小园鸡冠花较往年更异邀陈章二广文小酌

小小阶除地，亭亭红紫花。

根随秋共老，色与露俱华。

容态年添异，朱英染莫加。

群芳谁此似，蓉艳漫相夸。

新　蝶

三月春犹浅，娟娟蝶已翔。

双飞怜嫩蕊，两少怯含香。

暖入金须动，寒辞粉翅张。

邻墙高莫过，且共宿花房。

梨　花

文园红紫斗春时，别有鹅梨吐异姿。

皓质不从秾李借，素心唯有古梅知。

梦回蛱蝶寻芳树，月落瑶台认雪儿。

最爱临风娇自舞，玉龙战退甲参差。

咏墨菊

漫愁摇落雁风狂，不共平芜一例荒。
泛酒长看青玉影，醉心何必待重阳。
澄艳分明鹤岭中，暗香不度玉潭风。
漫嗤霜彩空留色，句引寒芳愧未工。

夏日坐碧梧轩闻梧桐花香偶成一律

忽忽奇芬喷鼻来，小窗恰对碧梧开。
叶敷密密先消暑，花发丛丛更绝埃。
香藉崇柯能远及，材因美质得深培。
静中领略名园趣，何必孤山处士梅。

秋杪瀹雪斋前鸡冠花盛开

纵横红紫满柴扉，觅种三春恝似饥。
耐雨耐风凌夏日，乍浓乍淡烂斜晖。
香推秋菊谦难伴，听彻霜鸿引欲飞。
莫妒邻家花富贵，偏于寂寞共依依。

咏竹雨

此君无日不盘桓，冒雨相看殿翠翰。
鸟过忽摇千点绿，风回轻锁一庭寒。
拂窗碎和佳人剪，拾籜清裁高士冠。
任是淋漓青不改，万竿深处一枝安。

咏松风

谁植云松久向东，亭亭直上鼓天风。
击霄似奋苍龙怒，排汉如飞浊浪空。
万壑春嘘吹偓盖，千声秋老破鸿蒙。
耳根久厌嘈嘈响，独此喧中有静功。

瑞安
RUIAN
历代咏物诗选
LIDAIYONGWUSHIXUAN

余学礼，字文航，号敬斋，乾隆十八年拔贡，官至施南同知。著有《文航漫录》。《里安县志》有传。

题曾文桥斋中素心兰花

芳心最爱晓风吹，一段精神冷玉蕤。
别有幽情怜楚客，更无清梦到燕姬。
露零九畹香弥淡，月照三江影欲离。
抱素阿谁相对语，故人亭北倚栏时。

和友人菊花诗原韵二首

踏遍南山采菊花，携来佳种带烟霞。
生成瘦骨无时态，占尽清华别众葩。
疏雨一篱秋色冷，西风几度晚香赊。
主人不惜殷勤溉，青草何由再茁芽。

曲径迂回半是花，白如飞雪绛如霞。
幽香雅合芝兰气，称艳休夸桃李葩。
蒋翊①庐边人共淡，陶潜②篱落酒频赊。
莫嫌眼底秋光老，会有春风长嫩芽。

【注释】①蒋翊，字元卿，于西汉末元帝、成帝时，曾任刺史。以清廉正直出名，忠于汉室。因不满王莽专权，蒋诩告病返乡，终身不仕。据说其庭院中辟有三条小路，只与羊仲、求仲两位高逸之士往来。于是，后人便把"三径"作为隐士住所的代称。②陶潜：即陶渊明，自号"五柳先生"，私谥"靖节"，世称靖节先生，浔阳柴桑人。东晋末至南朝宋初期伟大的诗人、辞赋家，被称为"古今隐逸诗人之宗"。

林元炯，字谦光，雍正乙卯（1735）选贡，官沅陵丞。著
有《爱日楼诗抄》。

梅　花

雪霁晴窗日半窥，好风应向玉梅吹。
相逢驿使无相识，一点芳心寄问谁。

鸡　豚

牛羊来下日西斜，小妇懒呼白鼻骀。
检点翰音犹缺数，试寻踪迹到邻家。

杨柳月

熏风搓动万条烟，杨柳新年长旧年。
才到黄昏枝上白，隔林疏影透婵娟①。

【注释】①婵娟：多用于形容女子姿态美好，也可形容月
亮、花等美好事物。唐刘长卿《湘妃》诗有："婵娟湘江月，
千载空蛾眉。"

观西洋画

异人来异域，奇技夺天工。

是水皆闻响，无云不走空。

只知能绘影，谁料并生风。

壁上听谈笑，精神细处通。

海　棠

秾艳妖娆无限姿，海棠花貌比西施①。

是谁阆苑移栽此，待我毫端欲赋之。

叶护色红将绿绕，蝶愁香谢愿春迟。

夜深谱就凉州曲，写出相看一段思。

【注释】①西施，春秋时期越国美女。与王昭君、貂蝉、杨玉环并称为"中国古代四大美女"。

牡　丹

花萼千重雕镂精，牡丹造化更钟情。

色难绘画超铅粉，香沁心脾过杜衡。

檀板金樽无寂寞，锦茵绣幄有逢迎。

小园数本嫌春浅，为借东风玉汝成。

芙 蓉

新凉八月听寒蛩，砧杵声中花意慵。
感物秋风吹枕簟，勾人诗句上芙蓉。
池清鱼戏波心影，叶密鸟藏树底踪。
晓色已含朝露渥，晚红更趁夕阳舂。

桐 花

美材清质应琴弦，夏日阴凉半壁天。
风舞桐花千点白，雨匀梧子万珠圆。
秋声何处归残暑，落叶随时咽暮蝉。
对此搴蓁歌翙羽，有怀鸣鸟意惓惓。

池 荷

初茁圆钱贴满池，翩翩摇曳绿参差。
心通玉管玲珑孔，情度金针断续丝。
蝶去花房香褪粉，风来荷叶雨催诗。
亭亭净直真堪爱，赏好凉飔六月时。

新　松

新松虽小势嶙峋，绿皱森森几度春。

此日嫩枝抽玉节，他年老干作龙鳞。

不随群卉争荣瘁，岂效柔条漫屈伸。

雅意栽培都借用，冰霜历后长精神。

邻　竹

绿沉郁郁面潇湘，邻舍新篁高拂墙。

亭午借阴移坐榻，清晨扫叶暖茶铛。

笋根雨后穿篱脚，疏影黄昏漏月光。

交夏清风摇曳响，琅玕声息伴兰房。

月夜雪

邓六纷披六出①飞，夜深月下洒银砂。

平铺世界崎岖境，盖尽人间歧路斜。

云影天光浑不觉，白鹇仙鹤总难夸。

乾坤一块无瑕玉，弗受尘埃半点遮。

【注释】①六出：雪的别称。花分瓣叫出，雪花六角，因而称六出。

郁豫，字逸凡，又字诚立，号晴笠山人。生于乾隆之初，著有《叶韵辑略》《蚓窍集》等。

雁来红

极怜小草迳中栽，一种芳菲待雁来。

浓艳分将秋色好，年年长伴菊花开。

梅　花

梦断罗浮月落时，美人何限动相思。

林逋①一去花无主，来讯幽香嫁阿谁。

【注释】①林逋（967—1028），字君复，人称和靖先生，曾隐居西湖孤山，不仕不娶，植梅养鹤，自谓"以梅为妻，以鹤为子"，北宋著名隐逸诗人。有写梅名句："疏影横斜水清浅，暗香浮动月黄昏。"

咏月月白花

一枝素影动云槛，却喜相逢缟袂单。

四序花开春不老，赚人月月月中看。

普明寺红梅

吹绽梅花暖暖风，横斜疏影满墙东。
美人艳色归空后，却恐相逢梦不同。

旧　燕

朝来双燕子，千里独劳劳。
不忍寻新主，还思理故巢。
身轻穿户疾，翼健剪风高。
垫屋茅檐矮，君须慎羽毛。

介友·石①

岩岩气象蕴奇姿，长在风尘混迹时。
不共人言分醒醉，唯当交道善扶持。
芳心只为梅花转，傲骨兼令秋水知。
闲抱白云足幽意，赠君好诵谢公诗。

【注释】①原注：石为介友，姓石，名拳，字确如。

瑞安 RUIAN 历代咏物诗选 LIDAIYONGWUSHIXUAN

斐友·竹①

斐然文度是通儒，貌到愚时心便虚。

直以立身非傲俗，中空无物漫邀誉。

数竿坐我幽情足，一日无君兴会疏。

试向风前追雅韵，不知人世复谁如。

【注释】①原注：竹为斐友，姓卫，名漪，字湘君。

贞友·菊①

東篱托迹已年年，幽思随人未寂然。

淡去秋容劳点缀，唼来晚节寓贞坚。

多倾佳酝频觞客，久服甘泉欲化仙。

惭愧吾非陶处士，浪称知己在君前。

【注释】①原注：菊为贞友，姓黄，名节，字晚香。

清友·香^①

忆似荀郎化后身，如兰清气善迎人。

知君幼已能闻道，举世谁还不效颦。

术可返魂终待试，芳虽遗梦却非真。

凌寒若向僧窗去，博得氤氲满室春。

【注释】①原注：香为清友，姓荀，名倩，别号枯木道人。

闲友·鸥^①

盟来便已杜机心，底事相逢值至今。

但觉形骸多放浪，那将踪迹论浮沉。

芦花明月藏身稳，秋水伊人入望深。

一片闲情谁可侣，终须容我结知音。

【注释】①原注：鸥为闲友，姓白，名羽，号雪涛。

108

醒友·茶①

岁岁相迎谷雨前，对君无复恨绵绵。
不逢陆羽知何品，若遇文园定乞怜。
优我清谈深夜里，解人沉醉酒炉边。
闲来每欲偕游去，试访中冷第二泉。

【注释】①原注：茶为醒友，不知何许人也。

洁友·雪①

梁园才调蒇姑身，散迹乾坤不染尘。
好共米生称净侣，漫劳楚客赋阳春。
资清以化还堪赏，乘兴而来偶忆人。
处世未嫌君太洁，孤山梅鹤素相亲。

【注释】①原注：雪为洁友，姓滕，行六，字不缁。

春柳二首

依依杨柳傍河桥，披拂长条复短条。
春浅绿沉波细细，寒偎黛重雨潇潇。
未谙离别休轻折，纵事风流恐不饶。
莫近高楼窥少妇，怀人天外梦魂销。

飞集黄鹂不露身，翠条金穗看方匀。
三眠汉苑迷春梦，十里隋堤染曲尘。
苦渡参差初拂水，荒园掩映未逢人。
柴桑此日东风暖，五树青青分外新。

秋柳二首

一夜商飙叶满塘，柳条委折对秋光。
小蛮老去颜旋改，陶令归来迳就荒。
无复敛眉招嫉妒，不堪回首即风霜。
伤心摇落知何限，忍见萧萧古驿傍。

长眉昔日妒脩蛾，转眼飘零可奈何。
老去自知羞燕舞，落残那忍唱骊歌。
陶潜①门外西风疾，苏小②坟旁秋色多。
万缕千条憔悴甚，风流谁复忆灵和。

【注释】①陶潜，即陶渊明，字元亮，私谥靖节徵士，浔阳柴桑人。东晋大诗人。②苏小小（479—约502），钱塘人，南朝齐时著名歌伎，常坐油壁车。历代文人多有传颂。白居易有《杨柳枝词》"若解多情寻小小，绿杨深处是苏家"。

白桃花

那随群艳斗繁华，皎皎临风拥碧霞。
紫陌红尘归俗眼，玉莎瑶草本仙家。
六桥春水原无影，一树残阳忽有花。
自与朱颜应远别，何来薄命起长嗟。

白　菊

寒英皎洁异群芳，洗尽铅华尚淡妆。
夜静花明三径月，秋深露结一篱霜。
宜将白眼看幽态，好取琼樽对晚香。
来往素心人几许，陶潜卜宅在紫桑。

归　燕

度柳穿花事已非，呢喃话别思依依。
乡心合为秋风起，客舍谁缠红缕归。
燕子楼空帘不卷，汉宫人去舞应稀。
故园万里云山外，前路将雏且慢飞。

红　蝶

拟托朱颜幻化身，怪他艳影最迷人。
寻香曾入胭脂国，对舞偏争桃李春。
误傍杜鹃沾血色，梦随庄叟堕红尘。
玄都观里花千树，飞上枝头认未真。

黑　蝶

忆曾学舞到乌衣，长袖翩翩色较肥。
一枕黑甜容稳卧，半帘雨气压低飞。
漆园春入光仍黯，庭树阴浓见亦稀。
信是谢公诗句好，笔精墨妙汝堪依。

绿　蝶

忽度歌筵映绿尊，几回醉眼认苔痕。
沾来竹粉娇眉态，卧入蕉阴有梦魂。
金谷人亡春寂寂，南园草长雨昏昏。
恋花美调宜堪听，合抱绮琴奏数番。

白　蝶

惆怅韶光舞数回，过墙染得粉痕来。
冰魂雪魄飞成队，柳絮杨花春满苔。
虚室何年栖碧草，罗浮有路达瑶台。
莫教纨扇轻相扑，片影无留定见猜。

黄　蝶

栩栩随蜂恐乱衙，晓莺颜色漫相夸。
阿娇只合栖金屋，庄叟原来是道家。
野菜满篱春色暮，疏槐夹道暖才花。
临风妙舞轻盈甚，怪底窗前夕照斜。

落　叶

片片辞条下碧空，飘来多在夕阳中。
已抛又苦通宵雨，欲脱先啼半夜风。
万物萧疏归气候，一秋零落自梧桐。
亭皋极目伤心处，秃树残枝各不同。

云

俄起山村复水村，尝将白昼变黄昏。
八千里外横秦岭，十二峰前断楚魂。
曾作阶梯通月窟，每为霖雨出龙门。
昨宵忽被西风扫，万里秋空绝点痕。

雪

南天石破女娇愁，几日琼英落未休。
骚客诗成驴背上，梅花魂断灞桥头。
岩泉冻折冰千尺，屋瓦平添玉万沟。
最是袁安①僵欲死，不将纸被换貂裘。

【注释】①袁安（？—92），字邵公（一作召公）。河南商水人。东汉名臣。

张岳铭，字寿山，恩贡，生卒不详。汀川人。著有《兰桂轩诗集》。

水声限帆字

秋水沿溪白，群山景倒衔。
波澜翻地轴，澎湃离松杉。
咽石风生壑，鸣雷瀑走岩。
乱流趋若海，余响送飞帆。

蝶影限黄字

粉翅当秋晚，团花影亦香。
似醒还似梦，非蝶亦非庄。
肖月金钱碧，欹尘玉屑黄。
流形看变幻，未许画滕王。

雁影限斜字

秋水净无瑕，天高雁影斜。
半江开晓镜，一爪露菱花。
夕照空缘木，霜痕浅印沙。
音书千里寄，寂寞落谁家。

云　影

云开生霁景，余影漾明河。
态静秋光淡，形亏日色多。
平江鳞细叠，破屋絮空摩。
隐入斜阳里，为霞散绮罗。

月　影

明月浩无涯，轮斜影自佳。
悬晖窥竹径，散彩映花阶。
帘簇湘纹动，窗虚万字排。
罢琴闲玩伫，霜色冷秋怀。

帆　影

秋水长天影，扬帆正渡江。
随风欹彩袖，和月荫船窗。
静卷鱼钩一，空遗雁字双。
澄鲜归极浦，片片落寒矼。

灯影限青字

一灼秋灯里，寒芒映画屏。
光分罗帐艳，影盼杖藜青。
霜彩辉银箔，花英灿玉瓶。
轻蛾乍扑处，砚沼落红星。

竹影限疏字

渭川千亩竹，披拂影何如。
迳密留丹日，秋空荫绿蕖。
因风捎玉碎，与月补窗疏。
绕室遗青翠，幽怀君子居。

玉瓯花①

满院熏风醉羽觞，玉瓯花发一团香。
光分茗碗还依座，色饱琼浆自洗妆。
不趁朱英争夏艳，偏留雪萼竞春芳。
清姿洗尽胭脂丽，却伴红榴傍锦堂。

【注释】①玉瓯花：即栀子花，又名白蟾花，花芳香素
雅，叶绿花白，格外清丽可爱。

咏　菊

素秋微雨浥疏�句，洗净黄花三两枝。
玉宇凝成清露影，金风吹出耐霜姿。
柴桑有约辞官日，松径流香对酒时。
割爱幽芳堪玩赏，兴来亦自教拈诗。

余国鼎，字梅川，号两峰居士，生卒不详。清康熙绪生，著有《两峰诗稿》。

山　云

白云本在山，随风去长道。
一出无定踪，何如在山好。

秋　风

乍觉秋风起，高梧叶已飘。
只愁添寂寞，不敢过溪桥。

旅馆见燕

莎径泥香翠影交，年来旧侣等闲抛。
穿帘讶尔曾相识，又到他乡护别巢。

牡丹次韵三首

天香只合倚云栽，春暮园亭也自开。
取次繁华看欲尽，忽惊富贵逼人来。

雨露三春费化工，数枝浓艳尽栏东。
由他姚魏①称奇种，争似朝酣酒态红。

不惜金钱买丽华，雕阑锦帐尽豪家。
开时莫怪人争看，占断春风是此花。

【注释】①姚魏："姚黄魏紫"的简称，泛指牡丹花。姚黄为千叶黄花，出于民姚氏家；魏紫为千叶肉红花，出于魏相仁溥家。宋范成大《再赋简养王》诗云："南北梅枝噤雪寒，玉梨皱雨泪阑干。一年春色摧残尽，更觅姚黄魏紫看。"姚黄魏紫，为牡丹中名贵品种。

咏菊二首

佳色惟秋菊，闻君种擅长。
不妨迟众卉，转觉异群芳。
庭际宜幽赏，风前只淡妆。
花时清会集，待泛瓮头香。

元亮当年菊，君家亦盛开。
遥知携酒对，未及赏芳来。
花向闲中老，诗惟澹处裁。
回头视春色，让此轶凡材。

友人园亭六月白菊二首

庭菊先秋花满枝，相看老眼转相疑。
分明冷艳含霜色，放向炎天倍出奇。

不待金风菊有花，阑前皎皎数枝斜。
却怜本是凌霜质，触热偏能绽露华。

柳絮（和韵）

半逐飞花半惹尘，枝枝弄影欲残春。
却怜化作浮萍去，便似江湖浪迹人。

次韵和勿堂上人咏鸢灯

何来灯火近诸天，夜静流辉绀殿前。
照彻禅心空色相，灵台一点迥无边。

见涂内竹排有感

结缆联排出远林，江干潮落望森森。
此君清节原无改，任入泥涂不染心。

螃　蟹

爬沙角索喜操戈，潮落森森岸曲多。
莫漫横行矜健足，淤泥不出欲如何。

月夜咏雁

天末微飙动，冰轮一镜开。
乍闻征雁至，遥带断云来。
露冷银河迥，风高玉笛哀。
乾坤秋气肃，为尔上层台。

梅花咏

一东

占得花魁见化工，疏枝开出玉玲珑。

春归纸帐无尘到，月冷瑶台有路通。

碥户影迷樵径雪，江楼香引酒旗风。

水边村落俱清绝，到处看来兴不穷。

十三元

香动荒山春有痕，五更冰影倩谁温。

孤云抱石寒难起，飞瀑悬崖气欲吞。

诗客跨驴来古岸，幽人携酒到孤村。

一枝摇曳斜阳外，愁绝无言黯断魂。

十三覃

数枝弄影落寒潭，兴至临风一笑堪。

搁雨轻阴香半湿，烘春残照冻余酣。

晓来寄驿云随马，夜静窥人月满庵。

别恨经年谁可诉，为卿唱彻望江南。

月中梅十灰

孤芳谁倩月为媒，蟾魄琼姿相映开。

半夜淡妆临玉镜，几枝瘦影在瑶台。

洁争天上三分色，清绝人间一点埃。

梦到广寒知耐冷，素娥应亦妒香来。

晓梅十三元

芳信凭谁到小园，东风一夜起枯根。

玉颜睡觉春无价，冰雪冲寒冻有痕。

只合含情开晓色，莫教凝怨立黄昏。

五更残月枝枝影，梦醒罗浮几断魂。

水边梅一先

清浅寒流淡俗缘，梅花开处更澄鲜。

春生粉靥波如镜，冷彻冰心月印川。

顾影乍疑归洛浦，招魂应为鼓湘弦。

虎溪桥畔西湖曲，赚得诗人载酒船。

墙角梅十二侵

老梅开向古墙阴，茅屋萧闲远俗侵。

三径只应愁独立，五更曾许梦相寻。

近人仍带烟霞相，入世难淆冰雪心。

旦暮负暄跌石坐，花前还把旧诗吟。

咏　菊

萧飒园林摇落辰，秋花晚节独全真。

相逢篱下谁青眼，坐对尊前似故人。

冷艳幽香偏烂漫，霜天月夕倍精神。

化工亦藉栽培力，五色离披色斩新。

白菊（和得蓝字韵）

相逢何处径三三，烟霭空蒙度浅蓝。
岂为沾霜成素艳，却宜映月立晴岚。
一帘晓色闲中领，半坞秋光淡处含。
晚节幽香兹更洁，帽檐愁插雪盈簪。

新　燕

岂羡江南是乐郊，来常及社信谁教。
似曾相识惊初到，忽漫双飞觅旧巢。
弄影乍过芳草岸，衔泥还拂绿杨梢。
主人爱听梁间语，才得相逢未许抛。

松

萧疏院落影重重，清景常留涧畔松。
半壑烟云栖瘦鹤，三秋风雨老苍龙。
苔封回磴人稀到，木落长林翠转浓。
劲节后凋神自澹，知心宁憾晚来逢。

沈初东，乾隆间布衣，居东皋，生卒不详，邑人。著有《草亭吟》一卷。

秋海棠

淡妆媚态似含羞，泪滴西风不了愁。
帘外无人明月静，玉阶如水梦魂秋。

除夕灯花

椒酒初尝笑口开，灯花灿烂映瓶梅。
莫非泰运从春至，特地殷勤报喜来。

木　鱼①

鲸音旦暮报廊间，俨似招提一守关。
不逐波涛归大海，却甘晦迹伏名山。

【注释】①木鱼：佛教法器。相传佛家谓鱼昼夜不合目，故刻木像鱼形，用以警戒僧众应昼夜忘寐而思道。

不倒翁①

一生倔强不由人，游戏推排但率真。
任尔风波平地起，依然挺立见精神。

【注释】①不倒翁：一种玩具。形状像老翁，上轻下重，
按倒后能自动直立，也叫扳不倒。

水　碓①

小小构成碓一间，岩泉疏凿布机关。
溪边添个看春衲，笑指清流急出山。

【注释】①水碓：水力激木轮舂米器械，发明当在东汉时
期。明宋应星《天工开物·攻稻》云："凡水碓，山国之人居
河滨者之所为也。"

凤仙花

凤仙阿阁寄前身，采摘应教赠玉人。
菱镜理妆梅点额，兰房刺绣指生春。
九苞含露盆堪捣，五色争妍蝶不亲。
唯笑丹青无妙笔，浓浓淡抹点精神。

菊　影

不脱秋衫枕榻眠，勾人诗句夕阳边。

风回往畔飘无定，云坠篱间看未迁。

踏月忽逢陶处士，张灯又见李延年①。

瑶阶有迹重重叠，蹴碎寒英复自连。

【注释】①李延年，西汉音乐家，生年不详。

雪美人

寒英是处洒纷纷，乍降瑶姬迥绝群。

脂粉懒施杨虢国①，缟衣新寡卓文君②。

只教骨格同冰玉，岂逐尘缘梦雨云。

最恨阳春漏消息，一翻憔悴耐斜曛。

【注释】①杨虢国：即杨玉环的三姐虢国夫人，有才貌。
②卓文君：汉代才女，姿色娇美，精通音律，善弹琴，有文
名。

金晓，字捧日，号曙海，生卒不详。清廪膳生。

和南湖叶女士咏菊

一枝幽逸傲寒霜，不逐春花门艳妆。
他日东篱香放处，南湖遥忆美人庄。

细君制团扇乞书戏题

珍重齐纨制作工，一轮明月出怀中。
愧无遒媚山阴笔，消受夫人林下风。

孙镕，字云峰，生卒不详，三都梓岙人。清乾隆间诸生，善诗赋。

梓岙鹰岩

怪石嵯峨肖象成，鹘临几误认为兄。
凌空妆出腾孥态，燕鹊惊疑不敢鸣。

前后溪

源头活水本无殊，一脉如何判两汝。
流入大河仍复合，始知前后总同途。

关王刀山

赖有钢刀把汉安，何年降落白云峦。
想当斩尽妖氛后，掷与人间作样看。

猪头岩

不负涂兮不滁川，刚将面目露峰边。
倘教鲁直来经此，定把头颅细相旃。

林培厚（1764—1830），字敏斋，瑞安云周人。嘉庆十三年（1808）进士，历官重庆、天津知府，卒于通州运次。著有《宝香山馆诗文集》，《清史稿》有传。

杏　花

画旗斜飐片帆轻，才过东流复皖城。
两岸红云看不定，杏花时节又清明。

柳　花

绿阴深处度饧箫，斜趁轻烟点画桡。
满店香风人劝酒，江南三月最魂销。

洪守一（1769—1860），字灌亭，一字贯之，号钝人，又号后河居士，住县城后河街。清乾隆五十三年（1788）中秀才后，潜心著述。嘉庆十三年（1808）参加《瑞安县志》编纂工作。著有《后河吟草》《瓯乘拾遗》等。

海　棠

二月新红上海棠，垂垂嫩萼正辉煌。
含烟仿佛唐妃睡，照水依稀越女妆。
浓淡半开传意态，联翩千点媚容光。
柔梢动处黄蜂舞，欲伴游人过草堂。

碧　桃

黄鹏紫燕趁春来，千叶桃花带笑开。
弱质轻盈辞醉脸，清姿掩映继寒梅。
数枝冷艳临风舞，两岸孤芳傍水栽。
惟有玉人凝睇久，淡妆无语立苍苔。

紫薇花

名花不逐晓秋残，紫绶吟成属和难。
疏雨池塘千朵丽，西风庭院一丛丹。
浓香遥度人争羡，浅碧高笼我欲餐。
为忆玉堂书诏罢，黄昏相对独凭阑。

黄雀翎

此花独号蓺中仙，细瓣雕金弄晓烟。
槛外鹅毛应逊艳，篱边雀舌敢争鲜。
翻风有羽香还绕，啼露无声色自妍。
弱质如移阡陌畔，休惊黄鹤集芝田。

鲍作雨（1772—？），字瑞昌，号云楼，道光元年举人，先后入幕许松年提督府、陈步云总兵府，著有《六吉斋诗钞》五卷。

荔枝二首

名园一曲荔枝香[①]，争羡王家十八娘。
南海红云空设宴，几曾赏识到刘郎。

香酪绿净水晶球，玉液云浆绕齿流。
不愧湖山号南胜[②]，果然风味压南州。

【注释】①原注：广南荔枝不及闽中。②原注：南靖一名南胜，所产水晶球最佳。

秋 梧

梧叶阴浓夏日长，绿毛倒挂露珠香。
松疏竹瘦应难比，底事秋来不耐凉。

凤仙花二首

碧栏几曲护仙葩，十指纤纤攞晓霞。
流水落红风调美，女郎只爱女郎花。

嫣然红晕北燕支，淡白仍兼玉雪姿。
元是仙人十洲地，故教凤女侍银埗。

云　锦①

好是天孙一疋云，卷舒万变自成文。
夜来独擅神针巧，不为官家织簟纹。

【注释】①云锦：一般指南京云锦，因其色泽光丽灿烂，
美如天上云霞而得名，为中国传统的丝制工艺品，有"寸锦寸
金"之称。

蟛虫越

潮落芦根浅水流，石蝈沙狗任穷搜。
蟹胥忽动千年恨，彭越无端又见收。

鸢　灯

青旻无际一灯红，巧逐飞鸢上太空。
银烛有光凌北斗，云衢无碍趁东风。
横过树杪星当户，直到天心月正中。
我欲置身霄汉上，金莲送入蕊珠宫。

竹　床

琅玕一亩绕山庄，谁倩良工巧制床。
剧爱清标删俗韵，更凭翠干纳新凉。
松窗月落眠高士，草阁江深梦远方。
通道此君无热恼，不须青女又行霜。

纸　帐

珠楼百尺逗秋光，纸帐高悬称竹床。
月镜流辉弥皎洁，云罗照影共苍凉。
闲敧半枕吟偏久，熟睡残灯梦正长。
更待梅花点飞雪，骚人清兴倍难量。

鹠鹩①

鹠鹩容易一身安，晓夜愁吟思万端。
粉署谁教灯烬暗，云台只向画图看。
词臣几岁纡鱼佩，野老长年带鹖冠。
高宴未须青玉案，衰颜且付紫朱丹。

【注释】①鹠鹩：一种小型鸣禽，头部浅棕色，有黄色眉纹；上体连尾带栗棕色，布满黑色细斑；两翼覆羽尖端为白色，整体呈棕红褐色。

鲍作瑞，字瑞璇，号璞堂，生卒不详。举人鲍作雨之弟，邑廪膳生，著有《草堂管窥》《璞堂诗稿》。

秋 扇

曾向炎天风度披，俗尘能隔庚元规。
人情今日都趋热，一片清风不合时。

咏懒犬

恣卧花阴到五更，蕉苻几辈任横行。
但知食肉真堪鄙，一骨投时尔便争。

咏马二首

瑞世声名等凤麟，权奇倜傥更谁伦。
九霄别有腾骧路，万古终无控勒人。
俯首天闲皆下乘，出身房驷证前因。
乾坤伯乐原来少，不向风尘论屈伸。

顽钝何堪咏载骏，悲鸣空傍太行阴。
关山风雨心先阻，汗血功名力岂任。

揽辔有谁挥紫玉，络头枉自费黄金。
不知凡骨何年换，莫负燕台一片心。

牡丹二首

洛下芳名迥出尘，东风旖旎艳阳晨。
独开香国繁华境，合傍豪家富贵人。
春到十分真烂漫，花当三月倍精神。
自怜未学清平调，辜负天香几度春。

洛下芳名迥出群，一枝国色艳朝曛。
繁华世态应夸尔，贫贱人家不称君。
春到十分开更好，客当三月望偏殷。
笑侬未学清平调，空倚阑干盼彩云。

端木国瑚（1773—1837），字子彝，一字鹤田，又字井伯，晚年号太鹤山人。道光年间，由青田定居瑞安城关。道光十三年进士，精研《周易》，著有《太鹤山人诗集》《太鹤山人文集》《周易葬说》《地理元文注》等。

次王郡伯桃花韵

玉树烟深春最早，瑶台香满日初高。
多时带雨娇无限，长日临风笑几遭。

古　镜

白日匿厚地，青光开瞳瞳。
生平一寸胆，对此轩辕铜。
照色山河破，藏形鬼魅穷。
吹尘塞川岳，不点心虚空。

古　剑

过尽雷霆劫，沉沉龙性存。
恩仇忘世代，飞伏任乾坤。
狱气南州重，星文北斗尊。
持视薛烛子，茫然亡精魂。

牵牛花

一点柔蓝幂历天，秋新篱角见娟娟。

银饼早露蟾蜍下，金井荒苔络纬前。

清昼光阴红洗藕，黄昏情思碧缠绵。

匏瓜无匹年年怨，补屋牵萝事惘然。

郑敷荣，字雪圃，邑诸生，祖籍乐清，居瑞安，故称章安郑敷荣。著有《容膝轩剩稿》。

观牡丹有感

仙质非犹俗，天香自出尘。
倚阑如解语，愁杀素心人。

观白莲有感

亭亭挺秀见丰姿，皎洁偏宜独立时。
小院新凉微雨后，一番幽韵更堪思。

玉井清芬满绿波，骚人群唱采莲歌。
吾来已结青青子，欲拭仙香奈晚何。

牡 丹

金谷芳姿淡艳妆，赏心词客泛金觞。
寄言锦萼须珍重，莫使临风蛱蝶狂。

白牡丹

轻盈素质群相夸，斜倚银屏不染瑕。
雅淡自然超凡卉，羞施脂粉斗繁华。

对 菊

去年曾种菊，今复满篱东。
幽艳谁与比，高情世莫同。
临风怀庾叟，对酒慕陶公。
领略宽闲地，悠然兴不穷。

郑均，字以笙，生卒不详，清邑人。著有《研农诗菓》，其作入《浙江诗存》。

初　月

波心才漾碧，山额渐匀黄。
无限姮娥意，微微启镜囊。

桃　花

艳质移应自楚宫，此花端的有谁同。
昨宵数点胭脂雨，染出春光一树红。

咏　菊

一枝枝送好诗来，酒色天高花正开。
阁笔平章谁伯仲，风前兰蕙雪中梅。

篱下菊

黄花照眼转沉吟，不为秋光逐渐深。
傲骨素无依傍意，寄人篱下亦何心。

闻　雁

白苹霜冷梦偏幽，红树风高响正流。
岂是江南风景好，知君亦为稻粱谋。

咏　雪

冻云叆叇压檐牙，六出①纷飞整复斜。
满眼诗情兼画意，园林无树不梅花。

【注释】①六出，雪的别称。花分瓣叫出，雪花六角，因
而称六出。

咏 菊

夺得天边五色霞，偏从三迳缀奇葩。
岂因陶令才千古，自占秋风第一花。
此日园林凭寄迹，前身诗酒是生涯。
为君写到多情处，留取清香护碧纱。

枕花居咏菊

闲来晨夕倚阑干，酒色天高露气寒。
心淡忽惊秋卉艳，花开好当雅人看。
一枝觊我悠然会，晚节师君到处安。
今日辋川图画里，老陶潜许筑诗坛。

泮池荷花

岂但亭亭高出水，一枝枝自漾文澜。
连番擢秀占名士，别样招凉傲热官。
玉井荒唐无处觅，西湖烂漫等闲看。
何如芹藻相辉映，初日争妍露正团。

杏　花

开偏亭台树树葩，出墙何处烂如霞。
一枝艳引寻论路，十里香围卖酒家。
画意分明和露写，春情无那倚风斜。
却嫌桃李还粗俗，簪向琼林是此花。

代和咏菊元韵二首

秋花烂漫十分香，谱入离骚第一章。
玉露半阑旋缀白，金风满径渐匀黄。
枝枝惯惹游蜂醉，叶叶频招戏蝶狂。
不向东皇争早放，肯同桃杏斗芬芳。

采向东篱别有香，悠然坐对正斜阳。
樊川入咏悬诗版，栗里开怀晋酒枪。
人到孤高矜品格，花从平淡擅文章。
名园想见幽娴趣，笑指南山引兴长。

洪守彝（1778—1841），字叙堂，居县城南。嘉庆二十四年（1819）举人，河南宁陵知县。著有《洪守彝诗稿》。

秋海棠

昔闻思妇泪，化作断肠花。
岁岁愁根在，逢秋长旧芽。

黄　菊

花痕疑带雾痕浓，玉彩冰姿压翠茸。
一片秋光清弄影，碧栏杆外月溶溶。

红　菊

酒泛新醅拟乐天，坐花醉爱粉痕鲜。
妆成帘外芙蓉影，共此秋芳到眼前。

粉　菊

寒花摇曳伴吟诗，紫艳拖成别样姿。
采采东篱秋渐老，南山光映暮烟时。

紫　菊

相从院落浮清影，也向林邱吐冷香。
迁地却教花更好，一般竞秀倚秋阳。

题牡丹

记得园林春事赊，百般红紫斗繁华。
惊看秾李夭桃外，国色天香有此花。

题凤仙花

秋风秋雨影离披，写入丹青巧擅奇。
莫认此花为小草，九苞曾比凤来仪。

无花果二首

枝头结实不曾花，合傍金门羽客家。
一样称奇芝草秀，无根也得自抽芽。

谁知仙椹灵瓜外，又有无花碧柰材。
可笑饱尝多俗骨，不能控鹤到蓬莱。

项霁（1781—1841），字叔明，号雁湖，著有《且瓯集》。

新　柳

城春何处玉箫声，斗鸭①阑边正放晴。
斜日蒙蒙怜碎影，柳花和叶不分明。

【注释】①斗鸭：使鸭相斗的博戏，亦作"鬭鸭"。相传起于汉初。南唐冯延巳《谒金门》词："鬭鸭阑干独倚，碧玉搔头斜坠。"

燕　子

雕梁审顾心应识，故垒重来意未抛。
宛似昔人堂构在，不须辛苦更营巢。

银　鱼

网结千丝不放闲，落霞潭水扣舷还。
鳞罾莫辨真微物，指似银针玉箸闲。

山　塘

山塘泉脉晚涓涓，夏木阴凉襟袖偏。

爱看横飞双属玉，镜裥初卷养藻田。

萤

萤点歘开阖，翻蹮腐草神。

有光从入夜，自照不因人。

云表常星落，林梢石火频。

芒寒时曳电，莫误战场磷。

麏①

本是山林物，羉罠谁所驱。

生微同血肉，魂断恨庖厨。

惨酷缄冤口，皮毛附祸枢。

斯人丁世乱，锋刃恐无殊。

【注释】①麏：古同"麇"，指獐子。

古　剑

千载复一见，只疑新发硎。
登城靡若景，扫虿迅如霆。
气不沈湖海，光能寒日星。
恩仇真琐细，应自惜青萍。

鹰

飒爽雄心动，神鹰迥不群。
扙身无紫塞，掫翅已青云。
鹢雀徒相逐，枭鸢浩莫分。
肃清怀一击，争识下鞲勋。

燕

巢凤亦同瑞，幽人偏识微。
若从林木宿，何似户庭归。
大厦无心贺，雕梁择主飞。
升平百年久，来往总忘机。

柚

垂垂秋实哆，枝叶亦扶疏。
傍砌能飘瓦，当门敢惜锄。
风霜株未拨，萌蘗理非虚。
郁勃生机在，追思翦伐初。

白桃花

低敧疏竹映垂杨，隔院花明冉冉香。
艳发丽人贪傅粉，半开鞏女未成妆。
春风淡映安仁①面，晓月斜窥宋玉②墙。
流水碧山行小隐，避秦端不惹渔郎。

【注释】①安仁：潘安（247—300），字安仁，荥阳中牟（今郑州中牟）人。中国古代四大美男之一，西晋著名文学家，政治家。②宋玉（约前298—前222），又名子渊，宋国（今河南商丘）人。中国古代四大美男之一，好辞赋，有《九辩》《风赋》《高唐赋》《登徒子好色赋》《神女赋》等传世。

落花二首

飞花如雪扑长堤，金缕歌残翠影齐。

绣鞯乍经怜紫陌，屧痕微印惜香泥。

舫池雨歇有鱼戏，舞榭人来闻鸟啼。

帘幕篱墙感零落，宝环争捧石栏西。

小苑秾华散夕阳，倡条冶叶总凄凉。

艳拌夜雨犹真色，荣谢春风不改香。

逝水无情还蝶梦，萦尘欲舞更鸾翔。

兰香已去蓬山①远，委地红巾暗断肠。

【注释】①蓬山：即蓬莱山，相传为仙人所居。唐李商隐有"蓬山此去无多路，青鸟殷勤为探看"。

水仙花

水仙风动飐帏屏，雅蒜初开信德馨。

偃盖松先移石几，折枝花已插瓷瓶。

窗前无月自生白，帘外有山相对青。

清晓空堂人未起，只疑鼓瑟降湘灵①。

【注释】①湘灵：原指传说的湘水之神，即舜帝的妃子娥皇和女英姐妹。《楚辞·远游》云："使湘灵鼓瑟兮，令海若舞冯夷。"

水仙二首

空山摇落启柴门，春到仙家已有痕。
冻影交横沙外月，疏篱相映水边邨。
将驰玉轪云衣冷，坐屑琼粮钓石温。
仿佛瑶笙惊梦醒，戛鸣孤鹤破黄昏。

玉立娉婷冠物华，春和秋洁总堪夸。
光风霁月无双士，流水空山自一家。
耿介烟霜侔竹箭，寂寥天地伴梅花。
丰神子固应难写，虚牝金空掷画叉。

曹应枢（1791—1852），字尊生，号秋槎，居曹村。嘉庆廿四年（1819）举人，孙衣言为其弟子。著有《梅雪堂诗集》。

咏　蝶

到眼鲜衣照绿苔，绮罗队里惯徘徊。

一生魂魄迷离甚，犹怨东风花未开。

咏　蝶

不料千余骨，春来转瞬生。

逍遥庄叟①意，轻薄魏收②名。

神易迷香国，身难度化城。

低飞墙角外，犹逊草间鸣。

【注释】①庄叟：即庄子，名周，战国中期道家学派代表人物，也是庄学的创立者，与老子并称"老庄"。②魏收（507—572），字伯起，小名佛助，河北晋州人。南北朝时期文学家、史学家。

林从炯，原名佩金，字伯炯，又字子朗，号石笋，道光元年（1820）举人。曾修《承德府志》，著有《玉甗山馆诗钞》。

水仙词六首

黄冠翠袖带云来，六扇玻璃面面开。
含笑犹嫌冰雪妒，自弹轻粉下瑶台。

天涯吹雪若飘蓬，怨也东风恨也风。
悄买生绡遮素影，相思遥隔玉玲珑。

碧纱诗格悄书龛，绰约风鬟露不酣。
最喜酒阑灯炧后，天风吹梦下江南。

只觉冰肌太瘦生，白描风格自天成。
无心去染寒鸦色，带得昭阳日影明。

铅华净洗貌犹娇，雅蒜谁教唤六朝。
会遇金华老仙伯①，六铢轻重唤冰绡。

地炉松火笑谈诗，点点银霜上鬓丝。
空说司勋多好句，旗亭谁付女郎知。

【注释】①金华老仙伯：黄大仙黄初平在金华山成仙，故称"金华仙伯"。事见《太平广记》卷七《神仙七·黄初平》。

项傅梅（1794—1866），字叔和，号茗垞，项霁之弟，邑增生。著有《耕读亭诗抄》。

玉　兰

夜月含辉与日斜，亭亭万蕊玉无瑕。
寄将一管玲珑笔，巧夺天工六出①花。

【注释】①六出：雪的别称，这里借指玉兰。

白桃花

镂玉裁琼笑倚风，花能消憾不啼红。
一庭手种成阴日，如在空山明月中。

咏　竹

檀栾夹径引风凉，为爱此君抱节长。
买断西畴更种竹，干霄①气象万千强。

【注释】①干霄：高入云霄。

偶见几山案上石菖蒲花盛开二首

书斋幽寂物多情，沙钵安供几案清。
为爱蒲花非易有，紫茸细数十三茎。

敢较前贤漫自夸，长公棣萼乐无涯。
当年窃比老同叔^①，数轶盆中生九花。

【注释】①同叔：晏殊（991—1055），字同叔，抚州临
川人。北宋著名文学家、政治家。

大隐庐后两方池分种红白莲花开时赋以纪爱

桃李种成门径蟠，后庭帘外鸟声欢。
时来水槛风亭上，红白藕花两向看。

咏夜来香

种自南中篱落栽，柔条袅袅作球开。
花名未汇群芳谱，香气端从暑夜来。

160

夜来香二首

刚近黄昏月出斜，忽移藤影上窗纱。
菲菲袭予披香坐，幽室偏宜暑夜花。

簇蕊压条频把攀，晚凉天气月如环。
花开入夜清香剧，散绕帘栊庭室间。

咏　鹭

点雪坠霜溪涧边，谪仙诗句觉飘然。
窥鱼饶有螳螂趣，青翠白鹇相后先。

夜来香

满架阴清室，见闻色味绕。
球花开五叶，藤本蔓千条。
夜气风中妙，暗香月里飘。
朵矗浑一碧，赏玩在中宵。

秋　菊

平皋时落木，园菊独芳菲。

佳色媚清节，好怀来白衣。

诗寻香外趣，人悟淡中机。

正在滋荣日，须知采掇稀。

蝉

桐树花初歇，夏蝉亦送声。

举家清自足，曳韵响方明。

闭户竟多日，著书尚未成。

一因寒暑易，搅动暮年情。

月

怪夜犹如昼，东方月出明。

扫霜仍有影，疑水不闻声。

豪足赋诗乐，游同秉烛行。

南飞乌鹊远，为爱一轮清。

潮　雨

飞雨乘潮急，东来气未平。
云含海气色，风势卷涛声。
础润苔如画，庭秋梦不成。
淋漓时一过，山外又新晴。

蒋锋，字雪斋，海安人，道光丙戌六年（1826）岁贡，著有《草堂印谱》《雪斋吟草》。

玫　瑰

一枝秾艳露叶新，争送奇香过比邻。
尽日南风薰不住，满腮醉晕笑迎人。

梅

须知造化爱仙姿，领袖东风未许迟。
眼底百花摇落后，淡烟疏月见枝迟。

红　菊

寒葩不比杏桃枝，肯逐流光斗艳姿。
谁教西园关未好，春风一夜入东篱。

白菊二首

借得樊川玉一丛，不须点染谢天工。
秋来爱傲寒风立，半亩清霜日未融。

淡淡香来一院清，纤尘无计点琼英。
昨宵曾卷疏帘看，残月寒烟认未明。

梅

谁占春光早，奇芳定属梅。
枝烟去逐寂，风雪一簇开。
缟袂凭君访，霜禽莫我猜。
和羹他日事，调鼎仗良材。

竹二首

岂等彫零者，经霜不自余。
梳风摇夜月，洗雨拂寒烟。
质以虚能受，用因圆得宜。
他年应引凤，有实满枝悬。

直欲冲霄汉，甯惟翠满林。

出头标劲节，应物本虚心。
抱火人谁识，迎风气自森。
何当长笛制，为吐好龙吟。

松二首

岂为晚寒摧，虬枝傲雪栽。
山深元气厚，岁久大材培。
秀自来老龙，千尺出崔嵬。

空山寂寞下，独秀复谁俦。
虬影参天碧，涛声满壑流。
雪霜镕岁月，风雨炼春秋。
不负工师选，梁材知自优。

架上鹰二首

栖正非因倦，弥怜架上鹰。
翎丰无计展，爪健为谁矜。
素擅吞狐勇，奈虚攫光能。
盍教离网去，天外任飞腾。

每见高飞者，摩天一江轻。
吾非无健翮，谁使负前程。

搏击违恒愿，复云感旧情。
他时顿尘迹，霄汉看横行。

春　风

习习春草洲，游游春柳渡。
翩翩忽惹袖，扬扬时我遇。
嫩绿皱清波，残红落芳树。
犹将兰台意，来解狂士度。

菊

相逢莫谓晚堪伤，淡淡幽情可共尝。
三径清霜悬夜月，一篱疏雨近重阳。
卷帘人倚西风瘦，绕砌秋随落叶香。
雅况可知闲更好，寻芳奚必定春良。

建　兰

绮石黄磁倚露栽，南风薰处紫芽催。
半茎色浅超尘外，一片香清入室来。
为有丹心争早献，肯将芳蕊向人开。
自蒙大傅滋培后，笑向阶前又几回。

杜鹃元韵

子规啼处溃成丛，山北山南一望中。
万古难消唯此血，三春教艳是花红。
泪痕点点凝朝雨，恨迹年年逐晚风。
谢客果能归去否，岚光花影日相同。

牡丹元韵

曲江院里旧知名，管领东风压众英。
一片香分青琐闼，十分春满洛阳城。
倚阑艳重倾新雨，绝世妆浓笑晚晴。
一自谪题口醉后，清平彩笔许谁争。

梅花诗二首

纤尘洗尽出霜台，为想当年处士栽。
岁晚喜因寒香伴，园空惊见腊先来。
孤村有月林浅侵，斜径深夜何人立。
雅爱冰心舒晚节，不容群卉得齐开。

游来此地定为仙，辟尽繁华断俗缘。
野店重寻呵冻酒，春风新渡隔溪烟。

孤山寂寞三更后，两岸横斜一水前。
缟袂客从何处去，江南闲自耐寒天。

芦花次韵

千丛渺渺净无尘，曲浦回塘一色匀。
秋水有光空照影，朝烟无迹独传神。
风摇汉渚篷窗敞，月碎湘堤雁路新。
为上江楼聊极目，宛多晴雪覆寒滨。

苔 衣

绿蓑休便羡渔家，淡淡苔痕软似纱。
曝日斜垂临水石，披风纷缀上栏花。
飘来柳带轻难系，侵到裙腰薄未遮。
几处偕前经雨洗，遍因洗后见光华。

蒲 剑

青萍谁植碧泉傍，隐隐锋棱短复长。
指信无权闲试影，斩邪有锷自磨光。
秋深冷拭凌波雨，夜悄寒飞倚岸霜。
未向延平应待化，一丛制电近芳塘。

荷　笔

尖头初向绿波抽，锋颖中山可等侔。
细蕊纷含毫自硬，新筒斜扫管偏柔。
挥风有力凌波动，题月无痕逐影流。
欲赋凌云应借写，花能为我梦生不。

芦　絮

枝枝挟纩净谁看，铺遍千丛傍浅滩。
两岸轻风转雾急，一江明月拥霜寒。
晴滩鸥背衔旋散，冷裹渔舡住自安。
遥想灞陵斜照里，残烟堆簇画俱难。

桃　唇

依然樊素下瑶池，瓣瓣新樱爱小枝。
娇靥晴开轻启玉，香腮晓晕淡含脂。
醉临流水思衔盏，笑动东风想咏诗。
最是勾人红一点，春光待诉有谁知。

柳　眉

东风吹碧上枝头，画出新娥带笑愁。
半线青痕斜槛角，两湾翠黛隐帘钩。
淡描月样娇无那，闲锁春情媚不休。
应共远山争秀色，纤腰袅处又风流。

萤　火

文明满腹羡精神，朗朗流星过曲滨。
野草哀时秋有焰，风灯暗处夜为磷。
无边幻化愁前路，一点灵光带此身。
旧入书帷曾映读，儒林雅誉遍寰尘。

雪　花

谁剪天工彩万行，如葩如玉任飞飏。
数来六玄都成瓣，秀到齐开不带香。
晓上梅腮欺冷艳，夜争桂魄斗寒光。
凭君为报丰年信，敢笑轻吹入幕狂。

露　珠

湛湛宵团聚彩芒，碧空新下带微凉。
滴来松盖旋风坠，泻到荷盘映月光。
珠网初悬丝易贯，曙星纷落斛难量。
偶投掌上休嫌暗，一上金茎价便昂。

笔　阵

气摇五岳兴方横，为扫千军出管城。
落纸无声鹅鹤静，挥毫有迹鬼神惊。
一枝健试驰驱力，八法匀排组列清。
应向文坛称劲将，题桥大手更谁争。

砚　田

播尽工夫磨励余，心苗秀发近何如。
畦苗奕世贫输我，业到荒芜击奈渠。
墨雨临飞连犯课，笔花梦落拨云锄。
十年积就成名日，功盖文房翰苑储。

林用光，字若衣，培厚孙，生卒不详。初官为句容县丞、擢祈门知县，有政声，著有《秋容阁诗稿》《林若衣先生遗稿》。

柳　絮

转瞚风光到绿萍，东风漂泊短长亭。
可怜此日身如雪，谁念当年眼独青。

宝　剑

出匣睒金精，坚钢百炼成。
气干牛斗直，神濯雪霜清。
岂止万人敌，能教诸事平。
风尘今得主，努力事功名。

鹰

如此商风紧，苍鹰惜羽毛。
不啚千里远，空占一枝高。
雀逐秋禾聚，狐凭夜火号。
几时云梦泽，快睹击鹏豪。

项稹，字若眉，林用光之妻，生卒不详。善诗能文，著有《脂学楼诗稿》。

新 柳

曲岸依依语晓莺，春风翦出满江城。
如何翻与梅花落，同入高楼长笛声。

问竹二首

笼烟筛月翠檀栾，拔起修纤竹数竿。
昨夜此君霜雪里，天寒谁伴倚栏杆。

问讯平安着意栽，肯教寂寞覆苍苔。
干霄早负青云气，可有明朝风雨来。

咏 帘

画楼杨柳总依依，回首西山暮雨微。
珠箔参差摇淡月，银钩荡漾带斜晖。
低垂有客调鹦语，半卷谁家待燕归。
独是君平耽论道，下帷那识足音稀。

孙衣言（1815—1894），字劭闻，号琴西，晚号遁坡，斋名逊学。原住潘岱砚下，后徙居县城金带桥。道光三十年（1850）进士，授翰林。官湖北布政使，太仆寺卿。著有《逊学斋文钞》。

咏麈尾①

疏帘清簟最情亲，愁绝元规席上尘。
吾辈不无天下事，可怜玉柄旧风神。

【注释】①麈：古书上指鹿一类的动物。尾巴可以制拂尘，故称拂尘为麈尾。

咏 鸽

逐粒翻随鸡雀群，威名无复曲将军。
风前欲问南来信，烽火炎洲不可闻。

菊 花

霜气日凄栗，孤花粲黄金。
本无春华靓①，保此迟暮心。

西风在庭槛，夕露浩已深。

幽人不可期，月明秋愔愔②。

【注释】①翫：同"玩"。②愔愔：安静和悦或幽深寂静的样子。

孙锵鸣（1817—1901），字韶甫，号蕖田，晚号止庵，瑞安人。孙衣言弟，道光二十一年（1841）进士，官翰林院侍读学士，以重宴鹿鸣加侍郎衔。工书。是李鸿章房师。著有《止庵读书记》《东瓯大事记》《海日楼遗集》。

梅　花

烟满空林雪满山，东风吹出玉斓斑。
腥颜未许尘中赏，独立苍苔白石间。

梨　花

缟袂仙人下九霄，二分春色正花朝。
庭阶月冷寒犹峭，疑是枝头雪未消。

杏　花

乍闻燕语复莺啼，千树胭脂着色齐。
正是御园开宴日，香车宝马曲江①堤。

【注释】①原注：唐朝新进士赐宴于曲江，谓之杏园宴。

赏 雪

四壁寒深香篆残，为探冷趣强凭栏。

梅花梦冷火无力，柳絮吟成衣自单。

且以觅驴从郑綮^①，不将闭户学袁安。

江山一色迷茫甚，望入空中眼界宽。

【注释】①原注：郑綮善为诗，多侮剧刺时，号郑五歇后
体。生平见《旧唐书》卷一七九。

陈兆麟（1821—？），字涤斋，号玉井，原名禹莲，受业于鲍作雨，工诗词。著有《问梦楼吟草》。

纸 鸢

点睛不信便飞腾，欲据雌霓一线凭。
漫道出身轻薄甚，让他容易上高层。

秋海棠二首

昨夜寒砧急断肠，不堪颜色困秋光。
任多积恨难销得，枉向西风哭一场。

风紧霜高月影寒，夜深谁复倚阑干。
相思无着空余泪，不是多情不许看。

牡 丹

占绝天香照眼明，会从琼岛散云英。
红尘世界琉璃影，何必来争第一名。

颓桐花

一色花开红似血，绕枝点点和愁结。
夜来无那自摇空，也应搁住墙东月。

红白桃花二首

蒸霞朵朵能销恨，镂雪枝枝也助娇。
她似杨家诸姊娣，浓妆淡扫总妖娆。

秀香未嫁文君寡，一样娇姿最可怜。
想到月狂风舞地，平分春色属谁先。

蜀葵二首

光风氾叶疑旌节，承露堆花胜钵囊。
原是锦江好种子，不堪颜色傍邻墙。

会仙亭上见婀娜，瘴雨蛮烟寄痕多。
卓女①随人洪度②老，闭门时节奈开何。

【注释】①卓女：即卓文君，汉代才女，西汉临邛（今四

川邛崃）人，与汉代著名文人司马相如的一段爱情佳话一直被
世人津津乐道。②洪度：即薛涛（约768—832），字洪度，
京兆长安（今陕西西安）人。唐代女诗人，成都乐伎。

蛱蝶花三首

荒榭闲庭自在开，不教轻易上妆台。
时人漫道无颜色，此是青陵劫后来。

杜鹃洒血花乱飞，燕子衔春草正肥。
无限繁华销一觉，阿谁来认旧仙衣。

团魂弄影郁栖中，寂寞无人见一丛。
省识东风原是梦，何须幻相入春工。

木芙蓉

一枝催放莫天凉，团锦匀脂弄夕阳。
赢得文官名字好，不须回首忆横塘。

端木百禄（1824—1860），字叔总，又字小鹤，号梅长，端木国瑚之子。道光己酉拔贡。著有《石门山房诗钞》。

秋海棠二首

离魂倩女想前身，独立娉婷最可人。
一种相思入幽艳，断肠颜色不宜春。

粉界啼妆色可怜，秋光已到十分妍。
西风庭院凉如水，多恐离愁欲化烟。

秋柳二首

走马章台鬓未凋，一年阅尽短长条。
风尘憔悴谁青眼，肯向人前便折腰。

一场春梦散如烟，远道相逢剧可怜。
回首画眉人已老，潇潇风雨傍谁眠。

雪　人

搏形本儿戏，冰雪想丰神。

纵幻斯须相，终留洁白身。

浮生真露电，冷眼出风尘。

只恐骄阳出，难为曝背人。

菜　花

春归陌路晚晴天，色散黄金分外妍。

低映芜痕浓带露，远随新柳黛含烟。

霞蒸麦陇人驱犊，日暮柴门客驻鞭。

一望郊原知岁稔，农夫应预话丰年。

端木顺，女，字少坤，生卒不详。著有《古香室遗稿》。

落　花

庭花无力渐阑珊，心惜韶华倦倚栏。
红雨一帘春信杳，绿阴半亩鸟声残。
蛛丝兜粉风难定，燕嘴无泥露未干。
生本同枝偏薄命，教人忆别忍回看。

瓯　柑

乡味无如此欠谙，岁寒佳品说黄柑。
金苞秋色堆盘冷，玉瓣浓香沁齿甘。
何处听鹂同斗酒，有人丸蜡赠筠篮。
擎来应比荔枝好，肯让龙牙冠岭南。

项瓒（1838—1893），字粟亭，号鸣珂，傅梅次子，邑附生，著有《砚耕堂诗草》。

春　兰

清香信有岁寒姿，孤介幽芳笑不知。
阶下美人羞自戏，含开恰在暮春时。

水仙花

清绝闲无伴，萧疏空自花。
水仙称雅客，玉貌笑生涯。
冷艳风前约，餐霜竹外斜。
只疑姑射①侣，独秀野人家。

【注释】①姑射：山名。也指姑射山的得道真人，后泛指神仙或美貌女子。《庄子·逍遥游》曰："藐姑射之山，有神人居焉。肌肤若冰雪，绰约若处子。不食五谷，吸风饮露，乘云气，御飞龙，而游乎四海之外。"宋苏轼《杨康功有石状如醉道士为赋此诗》有："海边逢姑射，一笑微俯首。"

夜来香

竹架千条绕，浓阴无俗情。
芳菲连半壁，消息近三更。
月下香风喷，庭前夜气清。
花开甘露润，藤本画难成。

菊

园林秋色好，绿菊满东篱。
花放有新意，枝疏得古姿。
傲霜称异质，饮露出高枝。
日醉轩窗下，闲身敢自怡。

野 菊

野外西风急，黄花带雨开。
荒篱迎晚艳，冷月照残杯。
得句逢佳友，冒霜称杰才。
笑非陶令宅，潇洒自徘徊。

霜　月

照户玲珑月，天高夜气凉。

光清寒入骨，风冷露成霜。

寸镜明如昼，金波滟若收。

南楼凭坐望，良夜色苍苍。

李缙云，字月槎，邑诸生，生卒不详。著有《瘦梅香室诗抄》。

文房四咏

笔

自少学涂鸦，耽吟度岁华。

如何六千载，从未梦生花。

墨

丸丸小隃糜，香色俱清越。

昼夜芸窗前，磨残好岁月。

砚

有田虽号石，无税亦堪耕。

八口家全盛，相依过一生。

纸

展纸叙交情，交情于此见。

虽嫌薄且轻，慎勿破其面。

香闺四咏

针

月中穿九孔，眼力羡分明。
更耐心头痛，知卿待字贞。

线

候日记唐宫，香闺刺绣绒。
微阳生乍夜，添汝一条功。

剪

春风讵足夸，燕翼差堪拟。
铦锋莫轻试，待裁合欢被。

尺

拟作嫁衣裳，短长难自测。
凭君照体量，方与身材合。

新燕二首

花娇柳媚午晴天，燕子寻巢画栋前。
珍重香泥留待汝，多情须识主人贤。

珠箔银屏迤逦开，春风翘首望飞来。
园花己倩莺梭织，一片斓斑待剪裁。

灯　花

银钉吐艳照书巢，仿佛花开豆蔻梢。
共喜祥光生满室，那容纤手摘芳苞。
蹴翻秾瓣蛾儿舞，惊落残红棋子敲。
看到阑珊天已晓，数行诗稿不成抄。

纸　鸢

翩翩影过画楼东，百尺丝牵一掌中。
慢负生来能上达，也须风力得腾空。
遥连雁阵看难辨，幻作筝声听亦工。
莫待回飙叹颠覆，早教收趁夕阳红。

次薛屾谷红梅韵

自是孤山清逸品，偶添脂粉占春葩。
一枝篱落摇红雪，满树墙阴灿紫霞。
绿萼有情争掩映，黄香含韵斗横斜。
休嫌处士园林寂，艳曲终宵送月华。

梅

凌霜冒雪挺琼姿，天为名葩显着迟。
人爱孤芳能越俗，我怜冷艳不趋时。
斜阳茅屋四五树，流水断桥三两枝。
别后林逋①千载久，更谁与汝最相知。

【注释】①林逋（967—1028），字君复，人称和靖先生，曾隐居西湖孤山，不仕不娶，植梅养鹤，自谓"以梅为妻，以鹤为子"，北宋著名隐逸诗人。有写梅名句："疏影横斜水清浅，暗香浮动月黄昏。"

苔　钱^①

轻雨经旬二月天，坳堂款步见苔钱。

俄惊老眼风前拾，空拟沽春杖上悬。

檐溜渍来微露孔，屐痕粘去只连边。

鸭阑干外春如海，榆荚球花影共圆。

【注释】①苔钱：苔点形圆如钱，故曰"苔钱"。

蒲　剑

何须欧冶铸来工，蒲剑飘摇亦自雄。

绿锷凌波弹夜雨，青锋出水舞回风。

摩霜影闪云根畔，淬露光腾泽国中。

绕指莫嫌无劲气，斩邪驱祟有神功。

次胡玉衡先生寓药名咏菊韵

菊花开晚傲霜严，故纸题诗墨迹潜。

采采金钗簪鬓艳，森森玉竹护篱纤。

人怀远志栖幽径，蝶恋沉香绕绣帘。

秋老不随枯草没，肯防风冷学趋炎。

新柳二首

侵晓河堤荡桨过，氄氄新柳影婆娑。
遥知风信枝头到，渐觉春光陌上多。
细叶那容裁燕剪，柔丝未许织莺梭。
淡烟微雨清明候，长得秾阴覆绿波。

欲折长条赠别离，嫩条新展未成围。
眉才映月痕犹浅，腰作迎风力尚微。
深院墙头青袅袅，小桥篷背彩依依。
者番丰韵谁堪拟，少女晨妆出翠帏。

和项镜人咏粉牡丹韵

姚黄魏紫①斗春风，富贵花非众卉同。
国色妖娆微傅粉，芳姿绰约淡妆红。
画屏蝶醉香沉麝，绣幄筵开月映弓。
惯对金尊裘马乐，乱翻雕佩绮罗丛。
丁冬羯鼓惊仙梦，摇曳风旛闪彩虹。
帘幕张灯添艳丽，楼台映日炫玲珑。
笙歌彻夜声鼎沸，步障高遮路可通。
且喜征诗传韵事，镂金错彩句夸工。

【注释】①姚黄魏紫，为牡丹中名贵品种，也泛指牡丹花。宋范成大《再赋简养王》诗云："南北梅枝噤雪寒，玉梨皴雨泪阑干。一年春色摧残尽，更觅姚黄魏紫看。"

又和咏杜鹃花韵

移植仙根阆苑间，十年蜀魄托花还。
唤回陌上春风暖，啼彻枝头血泪潸。
丹萼流星飞院落，紫苞映日炫山湾。
冲烟蝶翅迷香艳，沃露脂痕晕妆斑。
泼树火烧寒食候，抛帘钱买沈郎闲。
青鞋拟踏芳郊翠，踯躅相逢一笑攀。

张黻，字韦斋，生卒不详，汀川人，清邑诸生。著有《读画楼诗稿》。

咏白莲

炎夏众芳谢，白莲花始发。

佳人夜深起，流香犹未歇。

馥馥池上风，濯濯波间月。

有恨无人知，独坐心超忽。

咏　月

海月团团上，斜窗气倍清。

佳人今夕恨，迁客此宵情。

冷趁霜成色，光翻浪有声。

徘徊庭树下，遮莫曙鸟惊。

张梦璜，字兰舟，号茗斋，清嘉庆十三年（1808）戊辰科朱栻榜举人，著有《虚白吉祥室诗集》。

赵灌松先生斋中牡丹只开一花，娇艳异常，一时题咏甚多，因呈一律

天然矜贵一枝花，蘸影亭亭映绮窗。
总领春光原使独，是真国色必无双。
红云艳绝来琼席，绿蚁频斟倒玉缸。
花品独高花独步，主人相对韵琤玖。

蔡其锷，字蓉波，又字佩璇，生卒不详。道光、咸丰年间生员，名医，著有《先器识斋诗草》。

牡丹二首

循名不但仰雄风，可想君哉如渥容。
岂虑花娇王号擅，或同吕武牝晨凶。

偶受杨妃一捻亲，红痕犹作来年春。
谁言草木无知物，也解钟情爱美人。

残月二首

残月出三更，高从阔处行。
体原无破缺，意似警骄盈。
好放星芒露，还容蜡照明。
合观三五夜，加损两忘情。

一钩残月上，凉意逼庭除。
尚有光难掩，翻惊色复初。
桂轮看若此，柳岸定何如。
可怪嫦娥黠，妆偷半面徐。

落花二首

风风雨雨客心惊，吹落缤纷满地英。
昨夜犹萦蝴蝶梦，隔墙偏送鹧鸪声。
春归玉笛歌三叠，恨入东流水一泓。
何处飘扬何处泊，思量还费许多情。

廿四番风又一年，曲阑干外夕阳边。
侧身依草肠先断，衔憾无言海毄填。
空有色香神已去，偶然藩溷见犹怜。
怜他带水拖泥后，尚欲勾留到暮天。

牡　丹

耻傍山隈与水边，置身曾在镜台前。
光明不借春阴护，娇艳难将画稿传。
安享王称真富贵，长令人爱便神仙。
莫言花是无双色，叶避雷同亦斗妍。

残　月

莫歌柳岸晓风词，对此茫茫百感滋。
宋室江山南渡后，徐妃妆点晚朝时。
忠臣圭角迟偏露，老境文章淡耐思。
却恨古今诸缺陷，不如残月有圆期。

戴庚山，讳作鼎，字庚山，生卒不详。同治己巳岁
（1869）贡生。

咏　菊

秋山叠叠水涓涓，独占秋光有菊仙。
傲首不妨篱下寄，芳情得结酒中缘。
斜临日影神偏没，久耐霜华色转妍。
三径客来应记取，木樨庭院玉兰边。

柳　眼

翠柳桃金拂画楼，传情眼角倍娇柔。
朦胧垂态临波面，领略昭光向陌头。
三径低迷知雨过，六朝垂眼为风流。
杏花沉醉桃花笑，一路相逢豁远眸。

柳　绿

条分细柳傍湘帘，线样初裁信手拈。
晓露如珠穿一一，春风似剪整纤纤。
征衣缝出知谁密，别纸抽来到处添。
十二栏杆萦未编，隔村斜绾酒家帘。

松　涛

万壑松林万壑风，涛声卷地涌西东。
龙身夭矫原无际，树海苍茫在此中。
黛色万重迥绝壁，波澜一线起晴空。
夜深试共山人话，可有放生赋笔工。

龙灯二首

妙手雕龙补化工，文章五色灿虚空。
鼍皮鼓噪雷霆锐，蜡炬光摇鳞爪红。
耀处偏愁风浩荡，擒来更喜骨玲珑。
隋唐韵事君知否？记得元宵处处同。

弹指蓬莱一望中，尘寰烟火亦灵通。
紫云影散开琼阙，红烛光摇绕翠宫。
豹雾文章窥隐隐，凤楼构造妙空空。
几番变换凭君看，人巧岂能代化工。

蔡世桢，字玉生，邑诸生，生卒不详。著有《琴玉山房诗钞》。

白　莲

雅似天然不染身，月明风定见来真。
生绡一幅亭亭影，唤起陈王写洛神①。

【注释】①洛神：即古代神话中洛水女神洛嫔。传说她本来是宓羲氏（伏羲氏）之女，叫宓妃，因渡水淹死，成为水神。唐彦谦有诗："人世仙家本自殊，何须相见向中途。惊鸿瞥过游龙去，漫恼陈王一事无。"

秋海棠二首

才烧绛蜡护春葩，又见西风晕浅霞。
总有泪痕抛不得，断肠颜色可怜花。

脸晕如啼憾未消，脂痕微褪故妖娆。
最怜一掬怀人泪，散作秋红持地娇。

牵牛花

几点柔蓝郁褪红，凉痕渺渺露光融。
孤芳似识秋期近，蔓向篱根媚晓风。

梨花二首

冷云漠漠影珊珊，凉月无痕写意难。
仿佛深闺人束素，夜来无语独凭栏。

寒食开时似有期，如尘如梦影迷离。
不因送客山塘路，争得临风见一枝。

夜来香

长藤短蔓覆如云，小朵含风翠不分。
一缕清香无觅处，月痕留待夜深闻。

宜男草

宜男名字系遐思，浅碧深红别有姿。
忆向合欢窗下见，玉儿含笑避人时。

溪岸见兰蕙盛开，感赋一绝句

清溪回抱石嵯峨，石上幽兰三两窠。
我寄相思与流水，美人迢递意如何。

虞美人

楚歌声散日荒凉，故垒萧条烟水长。
精爽八千招不得，孤芳犹是媚韶阳。

萸 菊

忆昔重阳倒酒壶，插萸簪菊任招呼。
年来啸侣皆零落，肠断秋光入画图。

凤仙二首

疏花催放媚凉天，淡点宫黄嫩著烟。
记取斜阳金粉地，一枝摇曳曲尘鲜。

新黄几瓣影霏霏，染就鹅儿色尚微。
恰是内人梳洗罢，淡妆爱著道家衣。

山　泉

劈开青壁走轻雷，隐雾迷烟屈曲来。
莫道出山泉总浊，涵天无际碧潆洄。

咏　鸭

春江烟雨翠模糊，鸭鸭呼群乐有余。
拟把竹弓聊一射，恐惊鸥鹭在菰蒲。

鹦 鹉

生就绿衣好，佳人看更怜。
红眠花架稳，软舞药栏鲜。
有意教般若，无心啄翠钿。
玉环爱毛羽，相对过年年。

蔡英，字莲渠，邑诸生，生卒不详。著有《焦桐山馆诗钞》。

戏咏白芍药

几度春残雨洗妆，水晶帘外影如霜。
玉人携手应相赠，谁是当年傅粉郎。

白杜鹃

啼残脂粉露琼姿，环佩依稀蜀道迟。
望帝①不知春色好，空山流水月明时。

【注释】①望帝：相传商朝时蜀王杜宇称帝，号望帝，为蜀治水有功，后禅位臣子，退隐西山，死后化为杜鹃鸟，啼声凄切。后常指悲哀凄惨的啼哭。

残　花

驿路东风未破寒，残红数点上栏杆。
莫嫌脂粉多零落，惯惹行人走马看。

见浮鸥作

秋水斜阳双白鸥，浪花影里半沉浮。
逍遥不逐人间饵，惯看鱼儿上钓钩。

老 马

蹑电追风向塞沙，惯随战士听吹笳。
生成侠骨龙媒种，跃过拳毛狮子花。
伏枥还思身万里，出山应识路三义。
忽闻鼙鼓心犹壮，嘶断西风日又斜。

老 鹤

精神潇洒羽翩跹，瘦削胎禽骨亦仙。
夜月大江横赤壁，西风凉梦到青田。
卫轩乘去非吾素，华表归来不计年。
但得深山最深处，乔松千尺日高眠。

白桃花

元都观里幻来身，几度红消紫陌尘。

风起武陵三月雪，云迷崔护来年春。

无言倚处空留影，澹扫朝回自写真。

仙子不随刘阮①去，亭亭依旧玉精神。

【注释】①刘阮：东汉刘晨和阮肇的并称。相传永平年间，刘阮至天台山采药迷路，遇二仙女，蹉跎半年始归，子孙已过七代。后复入天台山寻访，旧踪渺然。事见南朝宋刘义庆《幽明录》。

观　梅

玉妃妆罢倚瑶台，雪魄冰魂未受埃。

明月有时微影动，白云何处暗香来。

徘徊纸帐春风暖，惆怅罗浮晓梦回。

那有交情同范陆，江南早寄一枝开。

张庆鹏，字秋轩，生卒不详。汀川人，诸生。

咏金钱菊

寒风冷露日相催，簇簇金钱满径开。
穿去嫌无垂柳线，点来惟有锦文苔。
偿诗此后无多债，送酒于今不乏财。
幸不伤廉多莫怕，明朝须插满头回。

灯　花

一朵光辉烛影斜，榜花先已报灯花。
恍逢玉叶金枝茂，岂待淡云微雨加。
夜色三更明更艳，丹心一点梦初赊。
主人爱护重相拜，莫作寻常艳卉夸。

潘锟，生平不详。清邑人。

春　燕

桃红柳绿已成围，昨夜东风到竹扉。
古屋三间怜我寂，落花满院任君飞。
频窥画阁营新垒，细喙香泥趁夕晖。
芳草池塘春梦冷，江南又值雨霏霏。

古　镜

秦时明月访常留，历劫青铜蚀尽不。
千载照残魑魅影，一轮阅尽古今愁。
模糊背篆光远聚，剥落前身梦未休。
我是生平尚肝胆，凭君朗照不须羞。

古　砚

一方奇石足千秋，浩劫虽经质尚留。
流出玉蟾犹认迹，吟残铜雀欲添愁。
铭因背断终难续，水以池凹不乱流。
此是贞心惟墨守，他年品价夺琳球。

王岳崧（1843—1924），字叔高，号啸牧，邑人。光绪十五年进士，历官霍丘，潜山、望江、蒙城知县。著有《退思斋诗稿》《退思斋遗稿》。

陈栗庵五十设筵赏菊示诗即和原韵

花事如人看晚节，柴桑也是折腰来。
备尝世味方思淡，故向西风冷际开。

晓行见绿杨树上一画眉

曙色朦胧放画眉，声声曳上绿杨枝。
弋人不解禽言语，只管弯弓射主皮。

民
国
诗

池志澂（1854—1937），字云珊，晚号卧庐，瑞安人。光绪廿一年（1895）协助陈虬等创办利济医学堂，书法曾获杭州首届西湖博览会优等奖，有"东南第一笔"之誉。

照　相

传神不必藉丹青，争效西洋药洗形。
照得玉人如玉貌，玻璃一样挂云屏。

黄绍第（1855—1914），字叔颂，号缦庵。光绪十六年进士，翰林庶起士。散馆后授编修，任江南乡试副考官，福建乡试正考官，任川盐总办，武昌盐法道。著有《瑞安百咏》，与黄绍箕合刊《二黄先生集》，婿冒广生为之序。

陈栗庵以月季花见贻，赋此谢之

一缕春丛赛洛花，鹤头少态傲山茶。
故人知有芳华怨，点缀蓬蒿仲蔚家。

栗庵园中菊花盛开，用陈文节和林宗易菊花韵

今年辜负重阳会，传信霜娥节次催。
养病坡公须药物，消闲杜老乞花栽。
思量芦雁寻残稿①，商约鲞鱼试旧醅。
秋色一丛香最冷②，芳心寂寞为君开。

【注释】①原注：余旧游沪上，为永嘉吕文起题菊花芦雁图。②原注：王梅溪评花以菊为冷香。

洪贲之，生平不详。邑人。

咏鲥鱼

江南春水涨螺痕，香恋鲥鱼入晚饕。
正好垂纶红杏岸，肯教换酒绿杨村。
鳞披千孕金为甲，尾展双叉玉映盘。
同此关山九月柑，不将风味羡河豚。

张棡（1860—1942），字震轩，号真侠，晚署敝隐园老人，汀田人。终生献身教育事业，其遗留的日记，起自1888年，终于1940年，计270多万字，是研究温州社会政治、经济与风俗民情方面的珍贵史料。

咏菊二首

归来彭泽情耽菊，客到知心辖屡投。
儒者论交原贵淡，此花趣味恰宜秋。
每当岁晚寒香烈，不受霜欺傲骨留。
清绝玉堂仙史品，岂同凡卉斗风流。

平生雅慕高标格，肯为依刘笔懒投。
佳句勖人征劲节，好花经眼已深秋。
色因耐久黄金贱，冷不趋炎白璧留。
但愿东篱长作伴，羞搔秃鬓媚时流。

书室外忍冬花盛开感赋一律

年来金尽阮囊空，种得奇花傲富翁。
退热了无铜臭气，耐寒饶有石交风。
抽黄俪白苞如铸，铺瓦堆檐用不穷。
此是先生真宝藏，不须贯酒问新丰。

蔡老示我咏物诗数首因亦效其体赋四章

咏僧鞋菊

岂真彭泽赋归来，踏破芒鞋着意栽。
点缀秋光呈色相，脱离行脚铸胚胎。
绝无带水拖泥迹，恰好经霜冒雨开。
佳节重阳逢胜会，好参香界步莲台。

咏佛手柑

居然竖指现天龙，绿桔朱栾拜下风。
一似羼提圆正果，千求菩萨引纤葱。
擎来拳恰冰盆贮，握罢香飘玉麈中。
自是生前根柢厚，故留巨擘镇禅宫。

咏观音柳

一滴杨枝洒路边，丝垂璎珞态新鲜。
皈依不许行人折，婀娜还邀佛母怜。
豪客攀条休叹惜，娇娃膜拜最缠绵。
竹林试浣柔荑手，抒写秋吟结善缘。

咏罗汉松

霜皮雨溜态笼烟，坏色衣披不记年。
摩顶修成缘五百，犹龙化辟界三千。
芒鞋瓶钵偕梅尉，鳞鬣枝何傲菊仙。
惯受南天甘露味，空山好护玉坛筵。

张时枢，字宿槎，生卒不详，汀田人。著有《蕉绿园吟草》。

水仙花

幽姿淡白缀窗纱，恰值三冬正发花。
妙质最宜居水国，冰心端合贮仙家。
湘妃解佩银盘艳，汉女临妆翠袖奢。
此日风流堪寄赏，清香引入细风斜。

牡丹（和陈鹿城夫子元韵）

魏紫姚黄①异众英，碧阑干外笑含情。
天香争羡天仙驻，国色曾邀国士名。
粉镜台前娇自艳，仙春馆内雨初晴。
梅肌杏脸休相妒，总逊琼姿伴玉檠。

【注释】①魏紫姚黄：牡丹中名贵品种。姚黄为千叶黄花，出于民姚氏家。魏紫为千叶肉红花，出于魏相仁溥家。宋范成大《再赋简养王》诗云："南北梅枝喋雪寒，玉梨皱雨泪阑干。一年春色摧残尽，更觅姚黄魏紫看。"

紫 菊

赐紫何来物色奇，悠然曲迳见新姿。
参来缠绵浓何艳，洗出胭脂画转递。
翠叶重重微衬日，名花叠叠半酣时。
西风一夜幽香展，恰绕渊明酌酒卮。

白 菊

洗尽胭脂黛转赊，庭前白菊正开花。
水晶帘卷西风瘦，仙饵丹调玉露赊。
满径琼英和月冷，千重素质带霜夸。
一瓶谁送重阳酒，共醉诗兴五柳家。

秋 兰

散尽歊光气渐凉，新兰浥露缀芬芳。
何人纫佩思骚赋，有客怀秋意楚湘。
满眼紫芽舒淡艳，一庭明月散幽香。
西风送入佳人榻，骚客诗成兴更长。

秋 菊

玉露瀼瀼景色苍，扶筇看到菊花黄。
南山霞对秋容淡，老圃欣逢晚节香。
冷艳盈阶三径月。金英满院一篱霜。
刚逢彭泽辞官日，且把闲情对酒觞。

蝉 琴

何处声来宛若琴，绿槐叶底一蝉吟。
虽无雅调符新调，似有清音继古音。
蕉雨半林清矼耳，松风一曲写秋心。
听来无限添佳兴，不觉花栏月影侵。

灯 花

深宵寂坐倚窗纱，挑得孤灯境自遐。
静听碧梧飘落叶，剔开银焰斗奇花。
虽无粉蝶来倾妒，绕有飞蛾对绮斜。
报导佳人凭卜兆，十分喜事寄微葩。

春　水

冰判三春暖气和，一泓绿水泛微波。

人来南浦离思切，花满桃源钓客过。

软翠千层头潋滟，晴漪十里涨婆娑。

风吹浪涌鱼鳞叠，感到情多可奈何。

中秋月

皓月当空景色幽，冰轮皎洁正中秋。

银蟾彩散辉琼宇，金镜奁开耀玉楼。

桂馥广寒香蔼蔼，云消河汉影悠悠。

高人此夜情弥畅，为爱清光欲久留。

琴

小院何人寄咏歌，操琴月下觉恬和。

弦中自领高山趣，指下遥传流水过。

一曲关心清若此，五声入耳韵如何。

情深岂有离人思，去雁纷纷逐绛河。

碁[1]

一局围碁拟战争，轻排玉子度飞声。

解消尘劫窥全局，静落灯花夜二更。

几着神机行整整，两家黑白响丁丁。

人间日月今同古，国手由来独表名。

【注释】①碁：同"棋"，一种文娱用品。中国古时，"碁"指围棋。

咏蟋蟀

独坐吟窗月影移，忽闻蟋蟀寄情思。

刚逢淡月疏星夜，正值金风玉露时。

四壁清音来断续，半阶梧叶下离披。

感人无限萧骚意，兴起挥毫别有诗。

释大川，字小默，晚清县城天王寺僧，善诗，常与邑令戴咸弼、钱国珍唱和，著有《三乐轩吟草》。

咏早梅

风信芳林早，梅花已缀冰。

香传春一树，寒透玉午层。

封咏非何逊[①]，惊时有少陵[②]。

催将头半白，休去问孙登[③]。

【注释】①何逊，字仲言，东海郯（今山东兰陵）人，南朝齐、梁时著名文学家。②少陵：即杜甫（712—770），字子美，河南巩县人，自号少陵野老，唐代伟大的现实主义诗人，与李白合称"李杜"。③孙登（209—241），字子高。吴郡富春（今浙江富阳）人。三国时期孙吴政治人物，吴大帝孙权长子。

春 雪

朔风何凛冽，吹雪满空山。

草木合生意，峰峦变素颜。

抱炉如挟纩，举盏爱凭栏。

冻饿林中鸟，终朝失往还。

咏菊花

为结寒葩未了因，风期敢学姓陶人。

一庭淡著节偏晚，满院凉深秋有神。

自笑行吟因故我，不教盈把落风尘。

化工亦藉栽培力，灌溉殷勤色崭新。

松

二十年前手自栽，至今苍翠倚岩隈。

成形已具蛟龙势，有用终非梁栋材。

但见黄昏留鸟宿，曾闻终夜送涛来。

凋零不向严寒候，自抚盘桓日几回。

秋　月

一年最好是秋中，更觉清辉溢太空。

谢尚①船游牛渚②夕，袁宏③诗有谪仙④风。

金波照处飞乌鹊，银汉哀声叫雁鸿。

正是骚人吟啸口，不教容易过匆匆。

【注释】①谢尚（308—357），字仁祖。陈郡阳夏（今河南太康）人。精通音律，善舞蹈，工书法，擅长清谈，东晋时期名士。②牛渚：在今安徽马鞍山市采石镇，为中国历史上南北纷争，兵家必争之地。③袁宏（约328—约376），字彦伯，小字虎，时称袁虎，陈郡阳夏（今河南太康县）人，东晋玄学家、文学家、史学家。曾为谢尚参军。④谪仙：即李白（701—762），字太白，号青莲居士，剑南道绵州昌隆县（今四川江油）人，中国著名诗人。

钟建邦，榜名世桢，字希周，生卒不详。光绪壬辰岁贡，候补训导。

二月梅花

老干回枝傍水斜，二月春风尚有花。
曾伴雪霜坚节操，更随桃李竞芳华。
梢头琐琐留寒玉，树底阴阴遍绿芽。
天地一心含数点，余香犹自透窗纱。

邵师孟，字心侠，邑诸生，著有《乡土史谭》《心侠遗稿》等，未梓。

三十客咏选十五

贵客（牡丹）

洛阳一品领春风，自李唐来识赏同。

魏紫①允宜称贵种，姚黄②信是冠群丛。

尚书红杏③材差拟，学士青莲④调擅工。

天下无双推国色，公门桃李拜园东。

【注释】①魏紫：为千叶肉红花，出于魏相仁溥家，为牡丹中名贵品种。宋范成大《再赋简养王》诗云："南北梅枝喋雪寒，玉梨皴雨泪阑干。一年春色摧残尽，更觅姚黄魏紫看。"②姚黄：为千叶黄花，出于民姚氏家，也为牡丹中名贵品种。③尚书红杏：宋祁（998—1061），字子京，安州安陆（今湖北安陆）人，善诗，因《玉楼春》词中有"红杏枝头春意闹"句，世称"红杏尚书"。④学士青莲：即唐代伟大的浪漫主义诗人李白（701—762），字太白，号青莲居士，又号"谪仙人"，后人誉之为"诗仙"。

清客（梅）

图开三友傲严冬，臭味山林伴竹松。

明月移来疏影瘦，微风约住暗香浓。

吟成孤屿舒琼蕊，梦到浮山忆玉蓉。
我爱癯仙丰度逸，冰心沁入广平胸。

幽客（兰）

漫采芙蓉赋涉江，美人香草气难降。
抱芳且自栖空谷，撷秀还谁渡野矼。
隐并黄华知有偶，清如素蕙擅无双。
古香最足山林气，沉沚时还放芭茫。

艳客（杏）

解语亭亭傍竹扉，轻红薄粉斗芳菲。
羞逢柳眼三分媚，分得桃腮一段肥。
韵致风流迷杜牧，丰姿秾拟杨贵妃。
恼人春色关难住，斜压墙东映落晖。

溪客（莲）

一泓清水泛芙蕖，浅白深红烂漫舒。
知己当年推茂叔，美人何处遇丁初。
白华掩映还迷鹭，翠盖沉浮为戏鱼。
濯锦人归花步步，远香吹入浣沙居。

蜀客（海棠）

春阴扶护彩霞迷，带血鹃声不在啼。
知己渊材应补恨，思亲考杜奈遗题。
红云何处栖丹凤，绛雪从来溯碧鸡。
疑是父君新濯锦，艳阳天气锦江西。

淡客（梨）

白雪含香落复开，一枝带雨傍瑶台。

云阴漠漠笼珠颊，月魄溶溶印玉胎。

溪馆频邀幽士赏，池园如梦美人来。

却嫌红紫污颜色，门闭黄昏不染埃。

闺客（瑞香）

日暖纱窗漾曲尘，陵波旖旎玉含神。

熏笼簇艳清怜汝，锦帕含香晴袭人。

树号风流征小字，花开祥瑞梦前因。

芳心一掬谁还惜，蜂蝶原为入幕宾。

寿客（菊）

三径黄花映夕曛，白衣人去酒方醺。

餐英自是长生药，抱蕊还为晚节薰。

芳气原偕兰有秀，延龄甯与柳同群。

登高佳会重阳日，隐隐南山拥庆云。

寒客（蜡梅）

清列西湖处士班，飞琼片片斗云鬟。

风生纸帐人同瘦，雪下柴门画自关。

磬口无情传腊信，檀心有韵伴幽闲。

巡檐欲订消寒集，怅望孤山鹤未还。

仙客（琼花）

不羡繁华却羡仙，托根疑是在云边。
叶承九合金人露，苗溉三台玉女泉。
谁觅紫芝来海客，似教丹枣散筵前。
玲珑雅洁无尘相，金谷琪花独竞妍。

韵客（素馨）

阿谁待月倚红栏，潇洒临风分外娇。
缥缈刘姬还素魄，轻匀赵后舞纤腰。
妙香郁郁清堪掬，真色盈盈雅不妖。
秀入精神谁可拟，却如神女弄琼瑶。

情客（丁香）

芗泽微闻密吐苞，同心臭味拟兰交。
夺朱休妒蔷薇朵，倚翠还怜豆蔻梢。
似约赘髡留宴席，应嫌韩寿探芳巢。
东风如逗众香国，月下人归软玉猫。

忠客（葵）

丹心压倒众芳曹，槐棘林中意气豪。
累叶朝天躬惯鞠，奇华向日节孤高。
甯俞卫足甯关智，子建倾心漫郁陶。
小草回光争屈轶，笑他弥子有余桃。

刺客（玫瑰）

花经曾许列群芳，作传谁知埒子长。
为奏绯衣侵帝座，应防岸帻下王堂。
浓妆却向醋中艳，利刃原从笑里藏。
寄语玉人休浪折，恐教唐突绮罗裳。

蛛　网

纤迦莫笑类侏儒，疏密安排八阵图。
冒雨添丝萦屋角，临风吐绪结墙隅。
落花胃得鱼鳞细，隔叶黏来蝶粉腴。
满腹经纶终有用，朝阳映露缀珊瑚。

许炳藜，字乙仙，生卒不详，邑诸生。著有《运覽斋诗集》。

白 发

行年未五十，两鬓各星星。
不及经霜草，春回依旧青。

菊二首

狂吟对菊便挥毫，菊爱狂吟品更高。
淡到无言傲到骨，一生知己属诗豪。

霜冷园林正放花，眼中秋实胜春华。
餐英却是浑闲事，晚节留香有几家。

杨园看菊

托迹东篱不染尘，饱餐霜露见精神。
西风大地谁知己，傲骨花迎傲骨人。

观酒舍牡丹

淡云微雨酒旗风，帘底天香帘外通。
高倚阑干吟倦后，名花醉颊一齐红。

白绣球

天工几度簇成团，压偏雕栏仔细看。
昨夜东风抛未歇，满阶晴雪不知寒。

江南柳

二月江南柳色新，长条随意拂征尘。
十年重见春风里，青眼还能识故人。

杨自芬，字心莲，生卒不详。住县城南，诸生，著有《啸月轩诗集》。

白头翁

饥餐红杏蕊，渴饮碧溪流。
不解何心事，皤皤白了头。

初来燕

辛苦春风路，千山更万山。
而今欣得所，絮絮话梁间。

咏钱二首

立品既方圆，相投漫见偏。
毋徒将富附，且愿为贫怜。

贯朽轻如王，囊空望若仙。
幸垂分润意，举世仗周全。

笔

世袭中书职，雄封奠管城。
两间忠孝迹，劳尔载分明。

墨

身盈三两寸，入手吐云烟。
不畏人磨灭，精神用愈传。

笺

制仿云霞采，驰名十样新。
题吟归作手，漫赠等闲人。

中秋月

影落千家酒，今宵月作宾。
嫦娥何皎洁，玉露盥频频。

山茶花

帘卷晴和煖气融，杨妃①妆罢立东风。

动人怜处几番态，开到深红复浅红。

【注释】①原注：杨妃，茶花名。

蜡梅花

疏竹溪桥剩夕阳，一枝寒放小黄香。

檀心解占春风早，不让梅花独擅场。

凤仙花

种分五色洽欣瞻，开向瑶阶夏日炎。

别荷娇侄无限爱，落英染得指纤纤。

金钱花

花亦夸奇自一家，别成色相冠群葩。

似嫌凡艳杂常态，却带含曛醉晚霞。

绣球花

紫霄仙女趁春闲，巧制绣球手里抛。
却被天风狂太甚，无端飘坠到人间。

洋菊花

伊谁海外运奇葩，开向秋风娇欲斜。
花若有知花亦笑，应欣乐土到中华。

桃　花

刘阮可曾记占恩，春风指点度仙源。
溪头着意传消息，脉脉无言胜有言。

万年青

栽培珍重伴幽兰，子孕珠玑一色丹。
笑把芳萍为我寿，晨昏相对密加餐。

雪

十分寒酿雪蒙蒙，乱坠飞花迷远空。
自是天工夸妙术，琼楼玉宇一宵中。

菜 花

只为香浮度远天，狂教飞蝶下芳田。
苗舒碧玉残冬雨，花放黄金绣陌烟。
不向园林夸富贵，甘从蓑笠计因缘。
数声短笛斜阳里，别弄春光郭外悬。

咏 云

看看飞云不等闲，出山转眼便遮山。
曾归海上从龙去，旋向天中捧日还。
漫说无心离岫幻，却关有意济时艰。
化霖惯慰苍生望，岂任优游寄两间。

戴炳骢，守雅，生平不详。邑人。

老　牛

已放桃林外，曾过函谷前。
而今都不记，舐犊度残年。

老　马

伏枥心犹壮，迷途识独先。
未曾逢伯乐，增齿叹年年。

纸鸢二首

儿童镇日把丝牵，望汝飞腾眼欲穿。
底事迟迟前且却，无风那得上青天。

人生随处有机缘，休把升沉问眼前。
一旦凌云酬夙愿，会看平步到天边。

再咏纸鸢

置身霄汉也非难，多少旁人冷眼看。
似汝轻躯兼瘦骨，只愁高处不胜寒。

李笠（1894—1962），字雁晴，原名作孚，字岳臣（一作鹤臣），瑞安人。历任中山大学、中州大学、厦门大学、武汉大学、南京大学教授，复旦大学中文系主任等。著有《三订国学用书撰要》《墨子间诂校补》等40多部著作。

雪

鹤梦初惊纸帐，雪花飞打窗纱。
起来呵手凝立，门前万树梨花。

月　饼

饼师巧制抟无端①，分付儿曹②供玉盘。
且待黄昏新月上，人间天上两团圞③。

【注释】①原注：抟：把东西弄成圆形。通团。无端：没有起点，没有尽头。意指月饼。②儿曹：孩子们。③团圞：团圆。

紫　藤

色映葡萄见此君，柔条百尺曳①斜曛②。

烟萦雾敛空滋蔓，燕剪莺穿未解纷。

冷月半庭低紫袖，香风满院恋红裙。

托身莫讶依乔木，他日攀缘欲拂云。

【注释】①曳：拖，牵引。②曛：日落的余光。

蔷　薇

全从烂漫见天真，满架秾英压暮春。

红借猩唇堆锦被①，香腾麝腹播芳隣。

谁怜绿刺伤离别，未得黄金买笑颦。

弱蔓柔条浑欲舞，东风无力自横陈。

【注释】①原注：《群芳谱》云，蔷薇一名锦被堆。

跋

　　一直计划编一本《瑞安历代咏物诗选》，一次闲聊，竟然和瑞安市档案馆的黄益光馆长不谋而合，这使我惊喜不已，于是便有了这次的合作。

　　因为有了档案馆馆藏资料的支持，我加快了编选的进度，还重点参阅了陈正焕先生主编的《瑞安唐宋元明诗词集》《瑞安清民国诗词集》（一、二、三），毫无夸张地说，那是一些没日没夜的日子。资料查阅之后，我的心里是既惊又喜。惊的是，古时瑞安的诗人多，咏物诗也多；喜的是，不仅咏物诗多，质量也相当不错。当然苦恼更多，一些名诗人，找不到合适的诗，另一些诗人诗偏多，又不知如何筛选。比较、校对、求教、注解，在一系列动作后，于是有了这本小小的书。

　　清时，温州名士曾唯曾说："东瓯地也僻处海滨，……历晋及唐，风雅寥寥。至宋时，理学辈出，间作韵语，特其绪余。南渡后，陈文节、叶文定诸公，为一代伟人，诗亦雅擅作家。……故采瓯诗者，概自宋始。"编好一看，果真如此。这不是说，宋之前无诗人，而是资料散轶，存世无多，细想起来相当可惜。

　　本书以诗人的出生年份排序，但很多诗人的生卒年查不到，只能以他们所处的朝代大致排序，有的甚至连朝代都没有，自知这样的处置不是很科学，但又能怎么样呢！

　　咏物诗，作为古诗中的一大分类，具有托物言志、借物抒怀、描摹情态的功用，刘熙载在他著名的《艺概》中说："咏物隐然只是咏怀，盖个中有我也。"屠隆在《论诗文》中也认为：咏物诗"体物肖形，传神写意""不沾不脱，不即不离"。这些古人的所咏之"物"，往往是诗人的自况或自我融合在一起，它们或婉约，或激越，或闲适，或豁达，用手中之笔写出了自己的愿望、襟怀、抱负、情趣、心境及哲思。诗是深受人们喜爱的一种体裁。作为瑞安历史上第一部以咏物为题材的诗选，《瑞安历代咏物诗选》编选时始终秉承"物中寄情，情中言物，物情相溶"的原则，努力挑选一些精深微妙，情趣高雅的能让读者获得直观审美感受的诗作，好让读者系统地了解本邑文化，但限于资料的匮乏，玉海遗珠在所难免；又限于本人的水平，个中谬误也在所难免。敬请方家批评指正，谢谢！

林新荣

2020年10月6日

瑞安

RUIAN

LIDAIYONGWUSHIXUAN

历代咏物诗选